Inhalt

Maria Kandolf-Kühne

DER TEUFEL SOLL DIE SEHNSUCHT HOLEN

Eine Sammlung von
Peggy Sue Geschichten

Edition Suchen

brückenbauer verlag
innsbruck

Edition Suchen

Edition Suchen
Hg.: Harald Meller

© Brückenbauer Verlag Innsbruck, 2022
Alle Rechte vorbehalten.
www.bbvi.at

Layout: Alexander Augustin
Lektorat: Sabine Wallinger
Druck: Athesia-Tyrolia Druck GmbH

ISBN: 978-3-903338-01-2

Vorwort des Herausgebers

Auf den ersten Blick mag sich möglicherweise nicht er-
schließen, was die Rolle der Psychotherapie in den Peggy
Sue Geschichten ist – ausgenommen die Existenz eines Dr.
F., den die Protagonistin offenbar frequentiert. Man wird
keine Narrative finden, wo auf den stimmigen Ratschlag
hin die eindrucksvolle und nachhaltige Veränderung zum
„Besseren" erfolgt.

Peggy Sue bleibt Peggy Sue, von Anfang bis, naja, fast zum
Ende. Manchmal ist das auch gar nicht so leicht auszuhalten.
Dennoch gibt es Veränderungen, subtile. Eher spürbar als
sichtbar. Eher Veränderung der Haltung, nicht so sehr der
Handlungsweise.

Warum erscheinen nun die Peggy Sue Geschichten im
Brückenbauer Verlag, der sich mit Psychotherapie und der
Anwendung psychotherapeutischen Wissens befasst?

Psychotherapie ist, wörtlich genommen, die sorgsame
Pflege des Seelischen. Offenbar benötigt es dazu spezielles
Wissen – ein stark erfahrungsgeprägtes Wissen, welches etwas möglich macht: Konsolidierung, Stärkung, Wachstum
und Entwicklung.

Dieses Wissen selbst hat bemerkenswerterweise keinen
Namen, und „Psychotherapie" scheint nur eines seiner
Anwendungsgebiete zu sein, ein „neueres" Feld gewisser-

maßen … Wissen über und um das menschliche Leben als Ganzes, über das Ertragen und Kultivieren einer zeitlich begrenzten Existenz. Wissen um die Wendepunkte des Lebens, um das Kurshalten in schwierigen Verhältnissen, seien sie im Äußeren oder in der Innenwelt. Oder, nicht so selten, in einer nicht mehr durchschaubaren Vermischung äußerer und innerer Dynamiken, welche uns verwirren, verzweifeln lassen und unseren Geist zurücksinken lassen in dunkle Zeiten.

Dieses hintergründige Wissen wirkt auch in Peggy Sue's Erfinderin, und es wirkt sich aus auf ihre Figur Peggy Sue. Maria Kandolf-Kühne macht mit den Peggy Sue Geschichten deutlich, wie hartnäckig langsam und nur schrittweise Erkenntnisse wachsen, und wie dadurch erst Veränderungen möglich werden.

Halten Sie sich einen Platz frei für Peggy Sue, und geben Sie ihr ein wenig Zeit. Wie lange hat es bei Ihnen gedauert?

Harald Meller

Peggy Sue ist eine Frau, die sich mit ihrem Sehnen und Wünschen immer wieder selbst in die Quere kommt. Eigentlich heißt sie ja Susanne und ist nicht mehr ganz jung. Seitdem ihr Mann Fred sie überraschend verlassen hat, lebt sie allein in ihrem in die Jahre gekommenen Haus über der Stadt und begibt sich manchmal auf etwas fragwürdige Abenteuer, wenn sie nicht gerade mit ihrem Relaunch beschäftigt ist.

Sechs Peggy Sue-Geschichten können nachgehört werden auf Radio Freirad unter Leseforum. Bei dieser Gelegenheit wird auch die Autorin vorgestellt. *https://cba.fro.at/462716*

Der Teufel soll die Sehnsucht holen

Peggy Sue hatte heute noch keinen Schritt vor die Türe gesetzt. Vielmehr hatte sie den Tag, beziehungsweise schon das ganze Wochenende, so verbracht wie schon unzählige davor, seit sie mit ihrem Relaunch beschäftigt war. Relaunch, das bedeutet in der Marketingsprache, ein bekanntes, gar altes Produkt neu auf den Markt zu bringen, sodass es dem veränderten, meist jüngeren Kundengeschmack entspricht.

Begonnen hatte alles an dem Tag, als Fred ihr mehr oder weniger beiläufig eröffnet hatte, er habe sich eine kleine, ganz entzückende Wohnung unten in der Stadt gemietet – sie könne natürlich weiterhin das gemeinsam erworbene, leicht abgewohnte Haus in bester Lage über Innsbruck bewohnen. Er wolle nur das Allernötigste, seinen Laptop und die Bücher, die ihm am meisten am Herzen lägen, mitnehmen. Über alles andere könne sie frei verfügen!

Die ganze Nacht hatte sie darauf nicht geschlafen – nicht wegen der Kränkung, nein, sein Schritt hatte sie nicht sonderlich überrascht. Eher war sie damit beschäftigt, sich zu überlegen, was sie allein in dem Haus machen würde. Sie dachte mit Schrecken an das Rasenmähen, das Schneeschaufeln – und sie hatte Angst vor Einbrechern, die sicher schnell herausfänden, dass hier eine alleinstehende Frau wohnte.

Als sie bis Mitternacht alle Schreckensszenarien durchgespielt hatte, war sie nicht mehr nur alleinstehend, sondern ein Single. In den frühen Morgenstunden begann sie ihr ganzes

Augenmerk auf einen Relaunch zu richten. Natürlich war sie in den letzten Jahren etwas nachlässig geworden, hatte da und dort Pölsterchen angesetzt und war alles andere als ein Hingucker. Ihren Relaunch würde sie gezielt betreiben, das gäbe ihr Aufgabe, Sinn und Ziel zugleich!

In dem Moment, wo sie den eher behäbigen Frachter, und ja, das war sie, wieder in ein stolzes, hochseetaugliches Schiff verwandelt hätte, würde sie sich hinauswagen aufs offene Meer, umspielt von der Liebe Wellen. Sie konnte Wind und Salz direkt auf ihrer Haut spüren und fühlte sich gespannt wie ein Bogen. Beinahe fürchtete sie, dass es Fred leidtun würde, als sie am Morgen pfeifend, dynamisch und mit wehendem Morgenmantel zum Frühstück erschien. Er hatte sicher ein Häufchen Elend erwartet, das ihn händeringend ums Bleiben bat.

Nicht so Peggy Sue – denn die war völlig mit ihrem Relaunch beschäftigt. Sie sah sich braungebrannt, muskulös, minus zehn Kilo, mit neuem Haarschnitt, frisch gestylt, einen Raum voller attraktiver Männer betreten, die bei ihrem Erscheinen fast gleichzeitig einatmeten und so für einen kurzen Augenblick Stille im Raum entstehen ließen. Dann verwandelte sich die Szene in eine kleine Audienz, wo sie unter den vielen in Frage kommenden Männern mit traumwandlerischer Sicherheit den einen Richtigen auserwählen würde. Wenn sie die Augen schloss, konnte sie die gegenseitige Anziehung fast körperlich spüren. Er würde ihr mit einer kleinen Bewegung eine Strähne aus dem Gesicht streichen, sie ansehen und sagen: „Komm, lass uns gehen!". Er würde den Arm um ihre Schulter legen und sie hinausführen.

Das Bild war nun schon seit Monaten dasselbe. Sie brauchte sich nur hinzusetzen, die Augen zu schließen, und schon tauchte es auf in den schönsten Farben. Sie, die schnittige Sue, braungebrannt, muskulös, minus 10 Kilo, mit neuem Haarschnitt, frisch gestylt, betrat einen Raum voller attraktiver Männer, die bei ihrem Erscheinen fast gleichzeitig einatmeten und so für einen kurzen Augenblick Stille im Raum entstehen ließen.

Ein schwieriger Ort

Endlich, Fred war mittlerweile ausgezogen, war es Nora gelungen, ihre Freundin Peggy Sue zu überreden, das Haus zu verlassen und etwas zu unternehmen. Sie amüsierten sich prächtig, als Peggy Sue auf dem Markt den Stellwagen einer Handleserin und Steinheilerin entdeckte. Sie sagte, der Spaß sei auf jeden Fall fünfzehn Euro wert. Nora könne gern, falls sie nicht mitgehen wolle, in der Zwischenzeit allein eine Runde drehen.

Die stark geschminkte Frau studierte erst Peggy Sues linke und dann die rechte Hand. Danach sah sie Peggy Sue streng in die Augen, nahm einen großen Bergkristall in beide Hände, drehte und wendete ihn. Dann bat sie Peggy Sue, den Kristall selbst in die Hände zu nehmen, ihn an ihre Stirne zu heben und langsam herunter zu bewegen bis zur Brust. Peggy Sue war etwas mulmig zumute. Sie hatte eigentlich das Übliche erwartet wie: „Sie haben Kinder, auf die Sie sehr stolz sind. Sie mögen Abenteuer und sind gerne in fremden Ländern. Sie haben keine große Erbschaft in Aussicht. Beruflich sind Sie sehr glücklich und erfolgreich. Aber Ihr Herz, Ihr Herz! Ihrem Herzen geht es gar nicht gut. Ich rate Ihnen, die Farbe des Herzens zu tragen. Auch ein Herzstein wäre gut. Ich sehe, es gibt Probleme mit Ihrer Partnerschaft. Ja, da gibt es einen Bruch, eine schwere Verletzung. Jetzt müssen Sie sich neu orientieren."

Nein, die Handleserin sagte nichts von dem, was Peggy Sue ohnehin wusste. Stattdessen sagte sie: „Sie stehen vor wichtigen Entscheidungen und haben die Chance, sich jetzt zu überlegen, was Sie sich für Ihren nächsten Lebensabschnitt wünschen. Formulieren Sie Ihre Wünsche genau. Am besten, Sie gehen an einen schwierigen Ort, wo Sie gezwungen sind, sich zu entscheiden." Sie schwieg eine Weile, drehte und wendete den Kristall, den sie wieder an sich genommen hatte, und fuhr fort: „Ich sehe eine gerade Linie, die fällt nach beiden Seiten ab. Es ist ein schwieriger Ort, aber Sie werden ihn sicher finden."

Peggy Sue bezahlte die fünfzehn Euro und legte noch einmal dieselbe Summe drauf für einen Herzstein aus Lapislazuli, einen sogenannten Handschmeichler. Schräg über die Mitte war er von geraden, blauen Linien durchzogen, die sich abwechselten mit grauen Linien, die glitzernde Einschlüsse bildeten.

Als sie eingehängt weiter durch den Markt gingen, lachten sie und Nora über das, was die Handleserin gesagt hatte. Peggy Sue zeigte ihrer Freundin den Stein und sie überlegten, was eigentlich die Farbe des Herzens sei. Zuhause wanderte der Stein nach einiger Zeit in die kleine Schale neben dem Bett, wo Peggy Sue abends ihren Schmuck ablegte. Da lag er, als kleine Erinnerung daran, dass sie, um die richtige Entscheidung zu treffen, den „schwierigen Ort" finden sollte, jene gerade Linie, die auf beiden Seiten nach unten führt.

Manchmal dachte sie bei dem „schwierigen Ort" an eine Gratwanderung, aber sie hatte Höhenangst. Eine Wegstrecke in Albanien fiel ihr ein. Fred hatte kurz vor dem höchsten

Punkt versucht, einen Laster zu überholen. Der Lastwagen-
fahrer hatte an der unübersichtlichen Stelle rechts geblinkt,
aber, als Fred versuchte, ihn mit dem 2CV zu überholen, ein
aufgeregtes Hupkonzert begonnen. Knapp vor der Kuppe,
wirklich im allerletzten Moment erst, war es Fred gelungen,
den gelben 2CV vor den Laster zu bringen und einen Fron-
talzusammenstoß mit einem entgegenkommenden Kleinlas-
ter zu verhindern. Die nächste Stunde wechselten Sue und
er kein Wort miteinander. Sie waren damals nur knapp da-
vongekommen und hatten danach nie darüber gesprochen.
Peggy Sue wusste nicht einmal, ob Fred die Situation auch so
dramatisch erlebt hatte wie sie.

Seit Wochen schon kam sie wieder einmal nicht in die
Gänge. Sie grübelte, ging zwar zur Arbeit, aber privat stand
sie still. Ihr Relaunch war ins Stocken geraten, und was die
Handleserin mit einer Entscheidung gemeint hatte, wusste
sie auch nicht, es gab leider gar nichts zu entscheiden in ihrem derzeitigen Leben. Gut, dass sie die Frau nicht wirklich
ernst genommen hatte.

Im Netz

Noch war ihr keiner ins Netz gegangen, auch wenn sie alle Anstrengungen unternommen hatte, den Ratschlägen der Frauenzeitschrift *Brigitte Woman* zu folgen, die Frauen wie ihr empfahl, sich auch einmal zu überlegen, ob sie nicht ihr Jagd- und Beuteverhalten ändern sollten.

Erst konnte sie dem Vorschlag rein gar nichts abgewinnen, aber nachdem er einige Tage in ihrem Inneren rumort hatte, kam sie doch zur Ansicht, dass es mit ihrem Jagd- und Beuteverhalten ja wirklich nicht zum Besten stand. Wann hatte sie zuletzt einen Fisch an Land gezogen, schlimmer noch, wann überhaupt hatte sie zuletzt einen Köder ausgeworfen? War sie nur dagestanden, passiv und regungslos auf den Fluss der Zeit starrend, apathisch eine Angelrute ohne wirklich guten Köder ins trübe Wasser hängend?

Hatte sie sich denn überhaupt informiert, was man da so an Land ziehen konnte? Waren es nur fette, schleimige Karpfen, die man erst tagelang in der Badewanne ausnüchtern musste, damit man danach etwas von ihnen hatte? War ihre Angel geeignet, einen flotten Hecht an Land zu ziehen? War das Wasser dafür nicht viel zu trüb? Sollte sie den Standort ändern, sich eine Jagdkarte kaufen und sich an einen klaren Gebirgssee begeben, wo die Fische kleiner, schneller, unterkühlter waren als hier?

Der Gedanke, regelrecht auf Pirsch zu gehen, schien ihr so frauenuntypisch. Wie sollte sie einen Rehbock oder gar einen Hirsch erst einen Winter lang anfüttern und ins Visier nehmen, um dann, wenn sie seine Gewohnheiten genügend erforscht hatte, sich den Hintern auf einem Hochsitz abzufrieren und den Bock mit einem gezielten Schuss zur Strecke zu bringen?

Bei Stieren wollte sie sich sowieso zurückhalten, denn nur zu ungut hatte sie ihr unbedarftes Eindringen in eine Stierweide in Erinnerung. Damals hatte sie sich gerade noch hinter dem Weidezaun in Sicherheit bringen können, fürchtend, der Bulle würde den Zaun durchbrechen, sie niedertrampeln, sie mit seiner Kraft schlicht vernichten.

Natürlich konnte sie Köder auslegen, aber welches vernünftige Tier, das in der Lage wäre, sich in freier Wildbahn zu ernähren, würde ihrem Köder auf den Leim gehen? Es wäre wohl nur zweite Wahl, denn ihre erste Wahl, nein, die würde es nicht für nötig finden, sich einen ausgelegten Köder mit totem Fleisch zu schnappen. Sie, Peggy Sue, hätte nur Verachtung für das Tier.

Die Sache mit dem Netz schien ihr auch zu abwegig. Weshalb ein ganzes Netz, in dem sich kleine Tiere verfingen, die sie gar nicht wollte, nur um den Mann zappelnd und gedemütigt vor sich zu sehen und sich wie eine Spinne an ihm zu laben, ihn gleich mit Haut und Haar aufzufressen, nein! Sie wollte es so halten wie mit ihrem Essen, da war es ihr ja auch etwas wert zu wissen, dass das Tier human geschlachtet wurde und im Verenden keine Angsthormone ausschüttete.

Irgendetwas schien an dem Ratschlag der Zeitschrift faul, denn über kurz oder lang fiel ihr nur das alte Balzverhalten der Männchen ein, das Aufrichten und Putzen der Federn, das stolze Auf- und Ab-Stolzieren, das Aufplustern, der schrille Hahnenschrei, das Sich-auf-die-Brust-Klopfen oder das schlichte Aus-dem-Weg-Räumen des Gegners durch Körpermaße.

Das Jagd- und Beuteschema ändern, neue Jagdgründe suchen, neue Duftstoffe erproben, Signalrot verwenden, sich auf leicht auffindbare, also langsame, träge, einfältige Beute beschränken, die selbst nicht mehr auf Bäume klettern oder wieselflink über einen Steg entkommen konnte, das musste es in Peggy Sues Fall wohl heißen.

Und dann tat Peggy Sue, was sie immer tat, wenn sie lange genug allein nachgedacht hatte. Sie sprach mit Freundinnen, die ihr sofort erklärten, wie out doch *Parship* neuerdings sei, alles abgestandene Kerle, und wie gering letztlich die Auswahl bei *love.at*. Wenn sie schon nicht mit *Tinder*, dem letzten Schrei im Netz, auf die Suche gehen wolle, sei das, was man jetzt empfehlen könne, wirklich und wahrhaftig *elitepartner.at*.

Ja, natürlich müsse man aufpassen, was man in sein Profil schreibe. Es sei keineswegs ratsam, noch im Haus lebende Kinder anzugeben, auch der Wunsch nach Zärtlichkeit würde einem gerne falsch ausgelegt, nein, zu beschäftigt sollte man nicht wirken, zu selbständig auch nicht, es komme einfach auf den richtigen Mix an beim Auswerfen des Köders im Netz an.

Geheimnis

Peggy Sue war gut darin, ja sogar sehr gut, sich ein Paradies im Kopf zu erschaffen, so bewahrte sie sich ihre Privatsphäre. Seit ihre beste Freundin Bea gestorben war, hatte sie auch niemanden mehr, mit dem sie dieses Geheimnis teilen konnte. Sie stellte sich schöne Dinge vor, sie träumte davon, sie könnte ihre Verhaltensmuster abbauen und mit Männern unbefangener umgehen. Wenn sie jemand Neuen kennenlernte, würde es immer wieder zu Situationen kommen, in denen sie ihr Rollo nicht herunterließ. Nur bei ihren ältesten Kollegen, den Praktikern, brauchte sie das nicht zu tun. Mit denen war sie vertraut, sie kannte sie, seit sie begonnen hatte, mit ihnen zu arbeiten. Das war so lange her, dass es ihr erlaubte zu blödeln, Komplimente anzunehmen, sich in und auf den Arm nehmen zu lassen. Da war sie ganz entspannt, die kannten ihre Regeln.

Alle sagten: „Du bist so fesch, so attraktiv". Aber offensichtlich nicht für die Männer, die sie kennenlernen wollte. Die spürten ihre Abwehr, ihre Stacheln, ihren Instinkt, sich zurückzuziehen, sich auf eine intellektuelle Ebene zu flüchten. Ihre vorgetäuschte Offenheit, die niemanden wissen ließ, wie es ihr wirklich ging und was sich in ihrem Kopf abspielte. In ihrem Kopf hatte sie ihre Sehnsüchte abgespeichert, dorthin konnte sie immer zurück. Ob sie auch herauskonnte, daran zweifelte sie inzwischen.

Seit ihre Freundin Bea gestorben war, hatte Peggy Sue nicht mehr darüber gesprochen, dass ihr Bedürfnis nach Nähe unstillbar blieb. Sie hoffte weiterhin auf ein Wunder, ein Wunder wie bei *Der Widerspenstigen Zähmung,* aber es fand sich kein Mann, der gewillt war, sich das anzutun. Ihr schneller Geist, das wusste sie, konnte sehr scharf und verletzend sein. Wehe dem, den ihre scharfe Klinge traf.

Sie hatte schon gelernt, dass man auf diesen *Online-Dating-Plattformen* vorsichtig sein musste, denn schließlich wusste sie oder hatte es zumindest oft genug gehört, dass dort nicht alles, was glänzte, auch aus Gold war, sondern sich die abenteuerlichsten Typen tummelten. Man müsse aufpassen, dass man nicht zu einer *Sugar Mommy* werde, warnten die Freundinnen. Ganz zu schweigen davon, was ihre Kinder dazu äußern würden.

Hatte sie sich doch selbst mit Hilfe ihrer Freundin Nora auf Glanz gebürstet, denn Nora forderte ein Profifoto. Peggy Sue konterte: „Aber dann erkennt er mich ja nicht, und wenn er mich in Wirklichkeit trifft, kann ich den schönen Schein doch nicht aufrecht halten!"

Nora: „Glaub mir, der macht das Gleiche und setzt sich vorteilhaft in Szene."

„Ach so, wie bei *Herzblatt.* Da frage ich mich auch immer, was denkt er sich dabei? Hast du da schon einen Mann gesehen, der dir gefallen würde?"

„Bei *Parship* oder bei *elitepartner.at* ist die Auswahl viel größer. Außerdem musst du dein Profil anlegen und erklären, was du suchst, also was du dir von einem Partner erwartest. Die Männer machen das auch! Das gibt dann *Matching-*Punkte, also den *Score,* ob jemand zu 100 Prozent oder nur zu 70 Prozent zu dir passt! Wie bei Netflix, die machen dir auch Vorschläge, was dir gefallen könnte, und schlagen dir bestimmt keinen Action-Film vor! Die schauen sich deine Lebensumstände an und seine, die vermitteln dich ja nicht, ohne sich das zu überlegen!"

„Da sind mir die Inder mit ihren Heiratsvermittlerinnen und Astrologinnen noch lieber, da ist dann immer jemand schuld, wenn es nicht passt, aber so – so laufe ich ja ins offene Messer, der kann mir doch alles erzählen!"

„Also du tust jetzt grad so, als würde dir ein Zacken aus der Krone brechen. Willst du jetzt oder willst du nicht?"

Nora führte Peggy Sue dann mühsam durch die Anlage ihres Profils und vor allem durch diese scheinbar harmlosen Fragen. Natürlich wusste Peggy Sue, dass es nicht gut ankam, Violett als Lieblingsfarbe anzugeben, und schon gar nicht wollte sie zugeben, dass sie hauptsächlich Schwarz trug. Sollte sie behaupten, sie koche gerne, käme das zu hausmütterlich hinüber. Aber andererseits konnte sie nicht sagen, sie hasse kochen und erwarte bekocht zu werden.

Auch die Reiseziele waren das reinste Minenfeld. Sie würde sicher keinen Mann wollen, der gerne nach Thailand reiste, nein, auf sowas würde sie sich nicht einlassen. Auch nicht auf einen Kronenzeitungs-Leser. Nora wandte ein, dass auch Krone-Leser herzensgute Menschen sein könnten. Tierlieb und so. Aber Peggy Sue blieb hart, denn so einer wolle sicher nur über Sport und Ausländer reden!

Nora war der Verzweiflung nahe. Langsam begriff sie, dass ihre Freundin tatsächlich schwer vermittelbar war, und schlug vor: „Ich mache das für dich. Betrachte es als Geschenk!"

Danach war Peggy Sue von dem Angebot, das sie auf *elite-parnter.at* vorfand, mehr als überrascht.

Elitepartner.at

Peggy Sue hätte sich nicht gedacht, dass es so schnell gehen würde, das mit dem „Einander-vertraut-Werden". Es hatte schon etwas Suggestives an sich, wenn man mit einem Mann ähnlichen Alters 98 von 100 möglichen *Matching*-Punkten hatte. Einem Mann also, der ganz auf ihrer Wellenlänge lag, dieselben Interessen hatte, gerne zum Frühstück schon eine Qualitätszeitung las, gerne reiste, nicht rauchte und noch dazu eher an einer Wochenendbeziehung interessiert war.

Hätte sie sich fragen sollten, weshalb ein Deutscher sich auf einer *elitepartner.at*- anstatt einer *elitepartner.de*-Website tummelte? Wollte er vielleicht seinen Horizont erweitern, hatte er eine Affinität zu Österreich, war seine erste Sommerliebe eine Österreicherin gewesen oder hatte er womöglich viele Sommerurlaube hier verbracht? Es gab zahllose Gründe, weshalb ein Süddeutscher sich auf *elitepartner.at* und nicht auf *elitepartner.de* bewegte. Man kam sich jedenfalls über das Portal schnell näher und ließ ein erstes, leicht verschwommenes, Foto von sich sehen. Der Mann sah sehr attraktiv aus, hatte etwas, was sie an Kris Kristofferson in jungen Jahren erinnerte, saß auf einer Balkonbrüstung und lachte in die Kamera.

Sue selbst hatte ein nichtssagendes Passbild hineingestellt, eines aus jener Zeit, als Lächeln noch nicht verboten war. Eines, wo ihr Haar noch dunkel erschien und man keine grauen Strähnchen sehen konnte. Andererseits war es ihr wichtig, nicht mit ihrem Aussehen zu punkten. Dieses Mal wollte sie einen Mann, der sie „einfach so" schön finden und ihr nicht ab und an vorwerfen würde, einen fetten Hintern zu haben. Nein, sie hatte sich mit ihrer Figur in vielen Therapiestunden mit Dr. F ausgesöhnt, genauso wie mit ihrem Elternhaus.

Anfänglich dauerte es immer ein bisschen, bis er antwortete. Peggy Sue schaute mehrmals täglich ins Portal, ob ihr Helmuth, so nannte er sich, schon geantwortet hatte. Bald schien es unpraktisch, immer wieder über das *elitepartner.at*-Portal einzusteigen, und sie tauschten ihre Mail-Adressen aus. So gehörte es für Peggy Sue binnen weniger Wochen zur Routine, ihm über ihre intimsten Gedanken und ihren Tagesablauf zu berichten, wobei sie es tunlichst vermied, ihren Beruf zu erwähnen, denn sie wusste, man durfte nicht zu beschäftigt, nicht zu bedürftig, nicht zu klammernd und grundsätzlich „nicht zu …" erscheinen. Helmuth war Geschäftsmann, hatte offensichtlich vielseitigste Interessen und war ab und an für ein paar Tage nicht erreichbar, ermunterte Peggy Sue aber, ihren Mitteilungsschwall (als solchen musste sie ihre Briefe, die sie so wie seine in einem eigenen Ordner am Computer ablegte, später wohl sehen) nicht versiegen zu lassen. Auch er ließ schließlich seinen Gedanken freien Lauf, wobei er vielleicht doch etwas zurückhaltender war, aber so sind eben die Männer, dachte sich Peggy Sue. Ihre digitale Beziehung wurde immer inniger, man musste sich in puncto Träume und Sehnsüchte kein Blatt mehr vor den Mund nehmen.

Eine Wochenendbeziehung in Süddeutschland, oder war es gar München Stadt?, schien in immer greifbarere Nähe zu rücken. Sue sah sich bereits in einer eleganten Stadtwohnung in München frühstücken, zwischen ihr und Helmuth die Wochenendausgabe der Süddeutschen Zeitung. Dann ein Spaziergang durch den Englischen Garten zur Pinakothek, anschließend ein kleiner Salat mit einem Glas Weißwein. Abends ins Theater oder ins Kino und dann, wieder zuhause, würden alle Schranken fallen.

Natürlich hatte Peggy ebenso konkrete Vorstellungen, wie sich die Wochenenden bei ihr zuhause gestalten würden. Sie könnte die ganze Woche ihr gewohntes Leben führen, und am Wochenende, da würde sie ihn vom Zug abholen, falls er nicht doch lieber in seinem sportlichen Auto ... Also bei Schlechtwetter, da wären sie ja fast nicht aus dem Bett zu bringen, denn er würde alle ihre Saiten zum Klingen bringen und manchmal würde er sie „meine Susanne" nennen und bedauern: „Wir hätten uns doch schon viel früher treffen sollen." Bei gutem Wetter würden sie Ausflüge machen, denn schließlich wohnte Peggy Sue in einem Urlaubsland. Abends würden sie Freunde einladen und gemeinsam kochen, denn er kochte gerne und gut. Ihre Freunde, also eher ihre Freundinnen, die würden schwärmen: „So ein Glück muss man haben wie unsere Peggy Sue, in ihrem Alter noch so einen tollen Mann an Land zu ziehen, da kann sich der Fred sowieso verstecken. Den habe ich noch nie leiden können."

Dann, eines Tages, hatte Peggy Sue in München zu tun. Sie wollte früher anreisen, kurz im Hotel einchecken, Helmuth wollte sie dort abholen und sie würden bis zum frühen Abend Zeit haben zum Kennenlernen. Nach langem Überlegen erschien ihr dieses Arrangement doch besser, als ihn erst nach ihrer Abendveranstaltung zu treffen. Denn ihr waren plötzlich Bedenken gekommen, mit dem intim Vertrauten und dennoch völlig Unbekannten gleich den späten Abend zu verbringen. Ein Nachmittagstreffen erschien gerade richtig, und wenn es gut lief, konnte man sich ja später am Abend nochmals sehen.

An der Rezeption wartete ein „reizender", zierlicher Mann in seinem beigen Staubmantel mit hochgestelltem Kragen, der Peggy Sue freundlich anlächelte und meinte, man könne ja gleich da drüben am Markt in ein Lokal, ja, außen an der Sonne, es sei doch nicht zu kühl. Als sie einander gegenübersaßen, wurde schnell klar, dass er keineswegs mehr von sich preisgeben wollte, als dass er Geschäftsmann sei, viel unterwegs, aber welche Geschäfte das waren, erfuhr sie nicht. Genauso wenig zeigte er echtes Interesse daran, näher auf sie einzugehen. Kein Gespräch kam zustande. Es war einfach nur mühsam, einem Mann gegenüber zu sitzen, dem sie sich so anvertraut hatte und der nicht in der Lage schien, darauf Bezug zu nehmen. Es war, als hätten sie sich vorher nicht ausgetauscht. Die 98 von 100 *Matching*-Punkte schienen unauffindbar. Man hätte flirten können, so dachte sie nachher, aber er hätte anfangen müssen. Ich hätte anfangen können, aber er war nicht einladend und wir hatten ja am Computer auch nicht wirklich geflirtet, oder? Er war nicht interessiert an mir, dachte sie, oder er hatte etwas anderes erwartet. Sie warf sich vor, sie sei zu steif und zu abweisend gewesen, und überhaupt!

Nach einer Stunde, die gefühlte drei gedauert hatte, brachte er sie zurück zu ihrem Hotel, vor dessen Eingang sie sich mit einem förmlichen „Auf Wiedersehen" verabschiedeten.

In der Lobby traf sie auf zwei ihrer Arbeitskolleginnen, die gerade beim Einchecken waren und sagten: „Wir gehen noch auf einen Drink, bevor es losgeht, warte auf uns, wir bringen nur das Gepäck nach oben."

Als sie zuhause ihre Mails checkte, war da nichts, ihre Mailbox blieb leer. Nach einer Woche schrieb sie Helmuth, wie es ihm wohl gehe, und er schrieb zurück, es seien unerwartete Probleme aus seiner Vergangenheit aufgetaucht, er lösche sein Profil jetzt mit lieben Grüßen.

Das Dinner Date

Die Einladung zum „romantischen Dinner" klang gut, zumal die Zeit im Kur- und Wellnesshotel bei Peggy Sue einiges in Bewegung gebracht hatte.

Seit nun fast drei Wochen spürte sie schon früh morgens in ihren Körper hinein, trank reinigende Tees, ernährte sich gesund, hatte gegen Mittag meist eine Klangschalentherapie, nachmittags eine ausgleichende Milchpackung, danach Bewegung im salzhaltigen Wellnesspool, gekrönt von einer entspannenden Massage. Dazwischen diese wunderbar leichten Mahlzeiten, die ihr zugegeben am Anfang ziemlich langweilig erschienen waren, aber jetzt doch köstlich schmeckten. Abends gab es bei einer Tasse Tee Vorträge, Lesungen, Kamingespräche, dann zog man sich in die Bibliothek oder ins Zimmer zurück.

Diese Horizonterweiterung war ein unerwarteter Bonus der Kur, von der sie Schlimmeres erwartet und die sie auch nur deswegen angetreten hatte, weil ihre Chefin sie gezwungen hatte, gerade jetzt ihre Überstunden zu konsumieren, und weil keine, aber auch gar keine ihrer Freundinnen Zeit gefunden hatte, sie auf eine Reise zu begleiten. So war sie also in diesem Kurhotel gelandet auf Empfehlung einer Freundin, die zwar nicht selbst da gewesen war, die aber wiederum von einer Freundin gehört hatte, diese sei hier am Hochhäderich wirklich wunderbar „heruntergekommen" von all ihrem Stress.

Peggy Sue war einem gemischten Sechsertisch zugeteilt worden und schnell dabei, alle anwesenden Herrn nach bewährtem Muster zu taxieren. Das hieß genauer, sie hatte sie einem Scan unterzogen und – mit den Augen ihrer Freundinnen – schon rein äußerlich als unpassend befunden. So hatte sie anfänglich auch nur wenig an den Tischgesprächen teilgenommen.

Aber mit der Zeit ergaben sich ganz nette Unterhaltungen, die bald über das eigentliche Kurgeschehen hinausgingen. Diese ließen auch die Tischnachbarn allmählich in einem freundlicheren Licht erscheinen, und Sue konnte sich bald mehr als einen dieser Herren recht gut im Anzug, anstelle der Trainingshose und der Turn- oder Wanderkleidung, vorstellen. Auch am Pool hatten die Herren nicht ganz so verheerende Figur gemacht wie befürchtet, oder sagen wir einfach, Sues Auge war ihrer Umgebung und zugleich sich selbst gegenüber etwas gnädiger geworden.

Die drei Wochen hatten so an Sue gearbeitet, dass sie sich wirklich auf das angekündigte romantische Dinner freute, ihr bestes Mitgebrachtes anzog und sich sorgfältig vorbereitete wie auf einen Galaevent. Während der letzten Klangtherapie hatte das bevorstehende Dinner in ihrer Vorstellung immer romantischere Züge angenommen, und das war auch der Grund, weshalb sie beschloss, etwas zu spät zu kommen, um wie gewohnt ihre – und seine – Erwartung zu steigern.

Als sie dann endlich in den Speisesaal kam, sah sie, dass dieser völlig umgestaltet war und es nur mehr Vierertische mit Kerzenlicht gab. Eine der Angestellten bat sie, ihr Kärtchen für ihren Tisch zu ziehen, und lächelte zugleich,

Sue könne das letzte nehmen, alle anderen säßen schon. Rundherum hörte sie gemütliche Gesprächsgeräusche, sah Tische, bunt durcheinandergewürfelt, mit drei Männern und einer Frau, drei Frauen und einem Mann, vier Frauen, seltener auch fifty-fifty, aber dafür nicht unbedingt im Alter passend, während sie nach „ihrem" Tisch mit einem hoffentlich passablen Tischnachbarn suchte.

Natürlich hatte sie gehofft, dass zumindest einer der Herren vor dem Speisesaal auf sie warten würde oder wenigstens drinnen einen Platz für sie freigehalten hätte, aber nein, Sue musste ganz allein den vollen Speisesaal durchqueren, ganz allein ihren Platz suchen, an einem Tisch, von dem sie nicht wusste, wo er stand und wer sie dort erwarten würde. Ihr Lächeln verkrampfte sich langsam, als sie, Haltung bewahrend, den Speisesaal durchkämmte und immer wütender auf sich selbst und ihre Umgebung wurde.

Weshalb hatte sie nicht vorgebeugt, weshalb war sie zu spät, weshalb hatte sie nicht gefragt, wo ihr Tisch war, weshalb hatte ihn ihr die Schnepfe, die ihr so herablassend die letzte Karte überreicht hatte, nicht gleich gezeigt! Weshalb war sie auf diese verdammte Kur gekommen, weshalb drehte sie jetzt nicht einfach um. Weshalb brach sie nicht gleich in Tränen aus, noch bevor sie endlich ihren Tisch fand, an dem sich ein einzelner Herr im Anzug ganz angeregt mit zwei Damen unterhielt, die offensichtlich pünktlich und ohne überzogene Erwartungen hier eingetroffen waren.

Reisen bindet

Natürlich bildet Reisen, und weil man so gebildet von den Reisen zurückkommt, muss man darauf achten, dass auch die anderen wenigstens ein kleines bisschen Bildungsabrieb bekommen. Daran dachte Peggy Sue, als sie, obwohl noch mitten im Relaunch, aufbrach zu Alberta und Hermann, die eingeladen hatten, um von ihrem letzten Abenteuer in der Libyschen Wüste zu berichten.

Was interessierte sie die Libysche Wüste mehr als die Wüste Gobi oder irgendeine andere, die sie nicht sehen, spüren, riechen können würde. Was sollte sie mit einem Erlebnis des ach „so klaren Sternenhimmels, der Kälte, die so überraschend in den Schlafsack kroch" und den Beschreibungen von Reiseführern, die mit unwahrscheinlicher Sicherheit geschützte Felsen, Senken, Mulden und so weiter fanden.

Peggy Sue hasste diese Reiseberichtsanlässe, besonders seit Fred, der sie ebenso hasste wie sie, ihre Gemeinsamkeit als Paar aufgekündigt hatte. Jetzt würde sie nach dem Wüstenbericht stocknüchtern, allein, hinauf ins abgewohnte Haus fahren und niemanden haben, um abzulästern. Also würde sich das Alleinsein beim Hinauffahren noch schmerzhafter anfühlen als beim Hinunterfahren. Grundsätzlich fand Peggy Sue, dass Reisen mehr bindet als bildet, bindet durch gemeinsames Erleben, gemeinsame Strapazen und die Erinnerungen an alle Pannen und Negativerlebnisse einer jeden Reise.

Fred war eigentlich ein guter Reisebegleiter gewesen, hatte immer die Verantwortung übernommen für die Logistik, kannte die Entfernungen und wusste, wohin sie am betreffenden Tag wollten. Er wusste, welche Berge Sue zu besteigen imstande war und welche Musik sie mochte. Seit er ausgezogen war, fehlte Sue scheinbar alle Reisebildung, denn ohne ihn hatte sie nur Bilder, Gerüche, Erlebnisse im Kopf, aber keine Namen, keine Entfernungen, keine Routen, nichts. Sie konnte nur mehr sagen: „Ich glaube da …, ja, die schöne Bucht!" Ohne Fred gab es nur noch verschwommene Erinnerungen, so wie ihre Tage verschwammen, seit es Sue & Fred nicht mehr gab.

Ja, natürlich war sie die perfekte Navigatorin und Kartenleserin gewesen, aber die Route hatte sie mit Filzstift markiert, die Orte und Namen waren für Sue nur Durchläufer in ihrem Gehirn gewesen und Durchläufer laufen eben durch – nichts bleibt hängen, es ist so, als ob sie nicht da gewesen wären. Einen Teil ihres Lebens gab es nicht mehr, weil sie ihn Fred überlassen hatte. Jetzt hatte er ihn mitgenommen in die entzückende kleine Dachwohnung.

Alberta & Hermann hatten ein ganzes gemeinsames und zwei halbe mitgebrachte eigene Leben, gefunden auf einer Reise – wie gesagt, Reisen bildet nicht nur, es verbindet auch. Tina & Rolf würden sicher auch eingeladen sein und vielleicht sogar August, der eingefleischte Alleinreisende. Sue wusste nicht, weshalb gerade er immer und überall dabei war.

Wie sollte Sue begründen, weshalb sie nicht mehr reisen wollte? Alleinreisen machte keinen Sinn, Alleinreisen bildete nicht. Oder sollte sie ehrlich zugeben, sie könne derzeit nicht mehr reisen, weil ihr mit Fred ein Teil ihres Lebens abhandengekommen war?

Mittlerweile konnte Sue in der Anfahrt schon die beleuchteten Fenster von Albertas und Hermanns Wohnung sehen, straffte sich, klemmte den Prosecco unter den Arm und setzte ihr breites gewinnendes Lächeln auf, denn schließlich wollte sie nicht für alle Zukunft auf Bildung aus zweiter Hand verzichten. Später vielleicht, nach dem geglückten Relaunch, würde Ehrlichkeit ihr einmal möglich sein.

Reisen ohne Gepäck

Erst jetzt wusste Sue, worauf sie sich am meisten gefreut hatte: Sie würde eine Reise ohne Gepäck antreten, jetzt, wo Fred sie nicht mehr mit seinen Reisevorbereitungslisten traktieren konnte. Fred hatte diese Listen noch von seinem Vater übernommen, und der hatte sie noch aus dem Krieg – er, der Vater, hatte Fred auch beigebracht, wie man platzsparend effizient packt – Filmröllchen in die Schuhe, Socken zwischen die Schuhe, alles punktgenau. Stets alle Notwendigkeiten, je nach Reiseziel, bedenkend.

Fred hatte seines Vaters Methoden bei den Pfadfindern und auf sämtlichen Tramper-Reisen ausgebaut und mit in die Ehe gebracht. Ja, ihr Fred war einst mit Rucksack auf dem Landweg nach Indien gereist, was seine Abenteuerlust und Freude an Zugfahrten wohl für alle Zeit etwas gedämpft hatte. Ihre gemeinsamen Urlaubs-Aufbrüche mit den Kindern waren noch sehr von diesen Listen geprägt, und Peggy Sue hatte mit dem Waschcountdown in der Regel vier Tage vor der Abreise begonnen, gleichzeitig versucht, den Kühlschrank leer zu bekommen, die Kühltasche aus dem Keller geholt etc. Einen vollen Tag war sie meist damit beschäftigt, Medikamente „für alle Fälle" herzurichten, die Reiseapotheke aufzufüllen, Sonnencremen, Waschmittel, WC-Papier und andere Toilette-Artikel einzupacken. Für jedes Kind zweimal Kleidung für kalt, zweimal für warm, Schildkappen, die komplette Sammlung der Badesachen (Flossen durchprobieren!), Taucherbrillen und Schnorchel, jedem Kind seinen kleinen Rucksack, denn sie sollten ihre Sachen dann schon selbst tragen, Wasserflaschen, Sandalen und feste Schuhe für den Berg.

Die Tage vor der Abreise wie gesagt ein ständiger Countdown, der immer ohne Fred ablief, denn der würde weder einen Arbeitstag noch einen wertvollen Urlaubstag darauf verschwenden, wo er doch dafür gesorgt hatte, dass auch Sue „Die Liste" längst internalisiert hatte. Bis sie dann im Auto saßen, ja, auch ihre eigenen Sachen hatte sie gepackt, sie hatte sie methodisch einen Tag lang – den letzten Countdown-Tag lang – auf ihrem Bett gesammelt, um dann doch in letzter Minute schwarze Socken, ein Stirnband und einen extra Schal für alle Fälle ins Außenfach des Koffers zu stopfen.

Regelmäßig befiel Sue beim Aufbruch eine quälende Migräne und sie wollte nur noch schlafen. Fred war meist recht ungeduldig, wenn er anhalten musste, damit sie sich übergeben konnte. Wenn alles gut ging und die Migräne erst nach der Fahrt begann, baten die Kinder sie, ihnen die Geschichte vom Schloss, an dem sie gerade vorbeifuhren, zu erzählen. Und Sue erfand lange mittelalterliche Geschichten von Rittern und Burgfräulein, von großen Festen, zu denen die Geladenen von weit herkamen und den Turnieren zusahen. Bei denen die Burgfräulein ab und an ohnmächtig wurden oder zum Schein gestickte Taschentüchlein fallen ließen. Es waren Geschichten, in denen Väter den Freiern ganz Unmögliches abverlangten, und wenn sie besonders wütend auf Fred war, weil der einsame Countdown sie zu sehr zermürbt hatte, flocht sie ihn in ihre Geschichten ein und ließ ihn, den Herzlosen, den Rücksichtslosen, im Burgverlies schmoren …

Ja, jetzt war Sue endgültig frei von Listen. Sie konnte sich ohne Gepäck auf den Weg machen oder ihre eigene Liste schreiben. Reisen ohne Gepäck – also ankommen, kein Schließfach suchen, nichts hinter sich herziehen, nicht verschwitzt in die U-Bahn, einfach ohne Gepäck, zwei Hände frei, unterwegs nichts sammeln … Zwei Hände frei? Ein Buch, die Brille, Geld, Kreditkarte, ein Handy, eine Sonnenbrille, ein Hut, eine lange Hose zum Aufkrempeln, ein Top, ein dünner Pulli, ein Schal, ein Notizbuch, ein Kugelschreiber: Ja, darin würde ihr ganzes Gepäck bestehen.

Wenn sie es sich so überlegte, klang es schon wieder verdammt nach Liste. Und was zum Teufel hatte sich vorgestellt? Ohne Medikamente, ohne Wohlfühl-Pyjama, ohne Makeup und Lippenstift, was hatte sie nur gedacht!

Gerade gestern hatte sie bei Claudia Stöckl einen Mann gehört, der nur mit Handgepäck reiste, was schon realistischer erschien. Vielleicht hatte der ja die Superliste.

Sekundärnutzen

Wieder, wie einst in ihren jungen Jahren, ganz allein zu reisen war schon sehr gewöhnungsbedürftig für Peggy Sue. Nach ihrer gescheiterten Ehe die erste Reise ins Ungewisse. Ihr Therapeut hatte gemeint, es würde ihr guttun, einfach loszufahren ohne große Pläne, nur mit der Kreditkarte und dem Nötigsten. Natürlich hatte sie das Ticket bis Berlin vorgebucht. Dann war sie umgestiegen nach Stralsund, dem Sprungbrett nach Rügen. Auch die Pension hatte sie vorreserviert für zwei Nächte. Ein Zimmer in Sellin, oben an der Düne, direkt beim Abgang zum Landesteg. Aber jetzt war sie erstmal in Stralsund und ging sich selbst auf die Nerven, weil sie allein war.

Ständig diese Entscheidungen, ob sie nun zuerst ins Ozeaneum gehen sollte, rechts oder links abbiegen, ob sie doch noch am Mittelalterfest-Gelände verweilen sollte oder nicht. Weitergehen, stehenbleiben, schauen, nicht schauen, essen, trinken, rechts, links? Fred fehlte ihr so richtig auf dieser Reise, weil sie ihn nicht mehr verantwortlich machen konnte für ihr Wohl und Wehe. Was sie tat oder nicht tat, wo und wann sie aß, es blieb alles ihr allein überlassen. Vorbei mit „Ich wäre lieber in dem Fischlokal gesessen, ich hätte so gerne den Pinguinen zugesehen oder einen Strandkorb gemietet." Vorbei mit „Warum gehst du nicht auf meine Wünsche ein?"

Sie musste sich wirklich zusammenreißen, hier, am Mittelaltermarkt, und für sich klären, was sie wollte. Ihre Entscheidungskraft stärken. Fred hingegen hatte immer gewusst, was er wollte im Gegensatz zu ihr, die sie hauptsächlich ihre Sensoren für die Bedürfnisse ihrer Umgebung gepflegt hatte.

Peggy Sue setzte sich auf eine Parkbank, nahm ihr rosa Notizbüchlein heraus und begann eine Liste zu schreiben. Ganz oben stand: neues Ledersofa rot oder blau? Erst kreiste sie rot ein, dann blau, dann strich sie blau aus, weil es zu kalt wirkte, dann strich sie rot aus, weil es zu dominant sein könnte. Dann strich sie Leder aus, weil es sich kalt anfühlte beim Sitzen, dann strich sie Sofa aus und schrieb: Lederstuhl Fragezeichen, Farbe Fragezeichen. Dann schrieb sie: ohne Sofa, Fragezeichen.

Die Entscheidung hing jetzt schließlich einzig und allein von ihr ab. Die Zeit der Kompromisse war vorbei. Sie könnte jetzt, wenn sie nur wollte, aber sie wusste nicht, was sie wollte. Sie könnte, wenn sie wollte, die Zeit in Stralsund verschlafen oder den ganzen Tag im Ozeaneum vertrödeln, die Tage in Rügen nur mit Lesen verbringen, jeden Tag einen Strandkorb mieten oder mit einem Fahrrad die Insel erkunden. Kein Fred würde sie voller Tatendrang frühmorgens aus dem Bett jagen und einen Wandervorschlag machen, und sie müsste nicht die Kinder motivieren, doch bitte mitzukommen. Sie konnte zum ersten Mal seit Jahren genau das tun, was sie wirklich wollte, und verstand kein bisschen, weshalb das so verdammt schwer war, wenn man keinen Sündenbock mit sich führte.

Sie ging nochmals den ganzen Mittelaltermarkt ab und bog dann in die Bäckerstrasse, nur um nach 50 Metern umzudrehen, weil die Seilergasse nun, im Nachhinein betrachtet, doch sicher viel mehr hergeben würde. Außerdem hatte sie doch aus den Augenwinkeln ein kleines Schild gesehen. Die Silberwerkstatt besaß nur eine kleine Auslage und alles, was Peggy Sue darin sah, gefiel ihr. Jetzt war sie auch noch für ihren eigenen Schmuck zuständig! Keine Geburten mehr, keine besonderen Geburtstage, bei denen das schlechte Gewissen in Gold aufgewogen wurde. Sie schaute nochmals auf die auffallenden Ohrringe und betrat das Geschäft, da sie genau diese großen Scheiben probieren wollte. Sie stellten sich zwar als auffallender heraus als alles, was sie je getragen hatte, aber schließlich gehörte auch der Schmuck zum Relaunch, und drum nahm sie gleich noch den passenden Ring mit dazu.

Als sie das kleine Geschäft verließ, war sie höchst zufrieden mit sich und ihrer Wahl. Beinahe hätte sie ihre zarten goldenen Ohrstecker und den goldenen Ring liegen gelassen, so viel besser gefiel sie sich in Silber. Und jetzt war sie wirklich hungrig.

Das Katharinen-Kloster konnte warten. Wie viele Klöster hatte sie in ihrem Leben nicht schon besichtigt, auf den gemeinsamen Kulturreisen? Waren sie nicht alle irgendwie gleich klösterlich und hatten irgendwelche unschätzbaren Kunstschätze gehortet, die sie bei gleichzeitiger Armut unermesslich reich machten?

Wenn sie nachhause kam, wollte sie endgültig aus der Kirche austreten, war sie jetzt doch Freifrau. Das ewige Ehegelübde hatte sowieso nicht gehalten.

Relaunch Reloaded

Die Person, die Peggy Sue im Kaufhaus entgegenkam, sah ihr ähnlich, sogar verdammt ähnlich, außer dass sie behäbiger, gesetzter und deutlich weniger geschmeidig war als Peggy Sue. Es fehlte ihr eindeutig das gewisse Etwas, die Leichtigkeit, das Abenteuerlustige und Draufgängerische, also das, was Peggy Sue im Kern ausmachte.

Peggy Sue hatte nur einen verächtlichen Blick übrig für ihr Double. Erst, als ihr nichts anderes mehr übrigblieb und sie sich selbst im Spiegel der Damenabteilung wiedererkannte, flüchtete sie ohne eine einzige Anprobe in ein Café auf der gegenüberliegenden Straßenseite. Marschierte tapfer an der Kuchenvitrine vorbei, schnappte sich eine Zeitung und bestellte einen Espresso „mit einem großen Glas Wasser bitte!"

Was war nur aus der schnittigen Peggy Sue geworden, die einen Raum voller Männer betreten konnte, die alle verstummten, den Atem anhielten und ihr zusahen, wie sie zur Bar ging. Wann hatte sie denn zum letzten Mal einen Raum voller Männer betreten, die alle den Atem anhielten? Wenigstens einer von ihnen? Wann überhaupt war sie zum letzten Mal allein in eine Bar gegangen? War sie einfach zu bequem geworden, zu viel mit ihren Freundinnen unterwegs, das Single-Leben in vollen Zügen auskostend? Hier ein Glas Prosecco, dort ein Glas Wein, das sie schlecht ausschlagen konnte, denn sie wollte ja in Gesellschaft sein.

In Gesellschaft war sie gerne, da blühte sie auf, denn das Alleinsein, das hatte so seine Tücken.

Obwohl, das musste sie sich schon eingestehen, in letzter Zeit hatte sie das Alleinsein schon sehr genossen, ob selbstgewählt oder nicht. Sie liebte ihren flauschigen Morgenmantel, die Schlumpf-Patschen und das ausgewaschene blaue Nachthemd. Sie genoss es, niemandem Rechenschaft schuldig zu sein. Sie hatte sich sogar angewöhnt, einen selbstbenannten *Spa-Day* zuhause einzulegen. Aber zwischendurch tat sie sich doch wieder selbst leid, so allein daheim, suchte regelmäßig den Kühlschrank auf und aß noch dies und das, während sie abends ihre Netflix-Lieblingsserie schaute.

Darüber half auch die neueste Serie *Ordnung mit Marie Kondo* nicht hinweg, es war nur die Umgebung, die sie zu ändern versuchte. Sie befand sich wieder einmal in dem Stadium, in dem sie nur Accessoires wie Handtaschen und Schuhe kaufte oder mit einem neuen Schal nachhause kam, anstelle eines neuen Kleidungsstückes, weil sie in die verhasste Damenabteilung gehen müsste, um etwas Figurtaugliches zu finden.

Gottseidank wurde sie im Café von Lilli, die zufällig gerade zur Türe hereinkam, aus ihrer Negativspirale gerettet. Unbedingt mussten sie die erste Begegnung im neuen Jahr mit einem Glas Prosecco begießen, und weil das auf leeren Magen so schlecht ging, nahmen sie auch noch zwei Lachsbrötchen dazu. Nach einem raschen Abgleich der aktuellen immer gleichen Lebensumstände und der wenig weltbewegenden persönlichen Ereignisse kamen sie auch gleich zum Thema von Peggy Sues wieder fälligem Relaunch.

Lilli meinte zwar, das sei auch gefährlich, denn sie wolle bei Gott nicht wie Lisa enden, die eigentlich keinen Spaß mehr im Leben habe und die zwar von hinten wie eine Gazelle aussehe, aber bei genauerer Betrachtung erschrecke man dann doch. Peggy Sue brachte dagegen Grete in Stellung, die sich echt gehenlasse und bald keinen Abenteuer-Urlaub mehr mitmachen könne, sondern sich mit den Oldies auf Kreuzfahrten begeben müsse, behäbig, wie sie sei. Nur Nora, die habe es ja leicht mit ihrem neuen Partner, beide so aktiv. Zweimal wöchentlich Fitness, jedes Wochenende eine Radtour, sogar im Urlaub keine Ruhe! Aber ehrlich, wie lange kann sie das denn durchhalten, meinten beide und prosteten sich zu. Außerdem, wer wolle denn so einen Spinner wie den Ralf, leicht habe sie es nicht, die Nora, mit dem!

Nach einem kurzen Exkurs, der mit „Wer weiß schon, was leichter ist, allein zu sein und alles selbst zu entscheiden oder sich ständig mit einem Partner herumzuschlagen" endete, waren sie sich schnell einig. Das Frühjahr beginne bald, man könnte ja an eine Diät denken. Man könnte eventuell in der Fastenzeit keinen Alkohol …? Das habe man doch schon öfter probiert, es sei praktisch nicht durchzuhalten wegen der Umgebung, und die Diäten mit dem Jojo-Effekt habe man auch mehr als satt. Nein, das mit der Blutgruppe, das habe sich nicht durchgesetzt, und Rita mit ihrer Trennkost, also nein! Dann schon lieber Eiweiß-Diät. Aber man müsse schon an das Cholesterin denken. *Weight Watchers* hätte sich völlig neu erfunden, meinte Sue, das habe sie von Irene gehört, die da regelmäßig ihr Geld hintrage. Die zwei W seien neuerdings *Wellness that Works*, oder war es *Wellness at Work*?

Aber ob man da wirklich wöchentlich Geld ablegen wolle, und überhaupt, die Gruppentreffen! Also nein, wirklich.

Dann meldete sich Lillis Handy und sie sprang auf, sie habe ja einen Termin beim Augenarzt, sie bezahle beim Gehen, man bleibe in Kontakt, was man nun machen wolle, aber es sei natürlich wieder einmal hoch an der Zeit!

Unter der Hand

„Die guten Männer gehen alle unter der Hand weg", so hatte Beas Standardspruch bis zu ihrem Lebensende gelautet.

Wieder einmal war Peggy Sue zu langsam gewesen, zu wenig forsch, zu wenig draufgängerisch, zu nobel oder zu feige, zu unsicher und zu verträumt. Dabei hatte sie sofort in Auge auf ihn geworfen, als sie erfuhr, dass seine Frau vor kurzem ganz plötzlich verstorben war. Ihre Freundin Alberta war ganz betroffen gewesen von der Nachricht und davon, wie wütend der Witwer auf die behandelnden Ärzte sei, völlig verbockt habe es der Gynäkologe, den Tumor viel zu spät erkannt, zu wenig aggressiv behandelt. Ja, und jetzt stehe er da, der rüstige Witwer. Nicht einmal kochen könne er! Die Verstorbene sei ja so eine tolle Köchin gewesen, habe ihn nie in die Küche gelassen, eine Tragödie sondergleichen.

Sogar gemeinsam eingeladen waren Peggy Sue und der Witwer bei Alberta und Hermann. Hermann hatte vorzüglich gekocht, und der Witwer zeigte sich gefasst in Anbetracht der kurzen Zeit. Peggy Sue hatte sich vorsichtshalber auf „gutes Benehmen" eingestellt, denn sie wusste, dass er bereits eine Haushaltshilfe engagiert hatte. Das bedeutete wohl, dass er nur mehr eine Frau für „die guten Stunden" suchte. Er war ein vielseitig gebildeter Mann. Sue dachte an diesem Abend mehr als einmal an Grete, die immer sagte: „Die totale Verliebtheit, die gibt es in unserem Alter nicht mehr. Im besten Fall können wir uns an einen Mann gewöhnen oder einen finden, den wir ertragen."

Peggy Sue fand ihn auf jeden Fall äußerst interessant, er reiste gerne, war Amerika-affin, liebte Literatur, ging in ihr Kino und suchte eine Frau! Also war nicht nur gutes, sondern bestes Benehmen angesagt. Das hieß für Peggy Sue, ja nicht zu viel zu wissen, das Gespräch nicht zu dominieren und vor allem nicht Recht haben zu müssen. Der Abend verlief auch ganz nach Plan, bis auf die Tatsache, dass sie beim Weggehen nicht unter der Haustüre stehenblieb, sondern gleich zum Bus rannte, weil es der letzte war. Danach fragte sie sich, ob sie nicht doch etwas hilfloser hätte wirken können. Etwa: „Der letzte Bus ist weg, bitte kannst du mich zum nächsten Taxistand bringen?" Er hätte dann gesagt: „Aber ich bringe dich doch gerne heim, es liegt ja fast am Weg". Wieder einmal hatte es ihr an Entschlossenheit gefehlt.

Sie hatte sich danach vorgenommen, eine gewisse Trauerzeit abzuwarten und dann ergäbe sich alles von selbst, man würde sicher wieder zusammentreffen bei einem gemeinsamen Kinobesuch! Sogar Tina erzählte sie von dem interessanten Witwer. Tina, selbst mit einem älteren Mann verheiratet, gab gleich zu bedenken, was das doch für ein Risiko sei. Peggy Sue habe es sich doch eigentlich so gut eingerichtet alleine, warum das denn jetzt noch aufs Spiel setzen? Wolle sie vielleicht wie die Ärztin von der Klinik enden, die endlich mit ihrem Langzeitgeliebten, einer bekannten Koryphäe, zusammengezogen ist? Der Langzeitgeliebte, die bekannte Koryphäe, sei jetzt nämlich dement und aggressiv, aber sie könne ihn doch jetzt nicht mehr einfach abschieben! Peggy Sue versicherte Tina, sie wolle ja nicht gleich zusammenziehen, sie wolle doch nur einen Mann an ihrer Seite für „die guten Stunden" und ab und eine Schulter zum Anlehnen, schließlich sei es nicht so einfach, das Alleinsein!

Für den nächsten von Alberta und Hermann geplanten Kinobesuch hatte der Witwer keine Zeit, doch dann, Peggy Sue hatte sich innerlich inzwischen schon ganz auf ihn eingeschwungen, traf sie Alberta. Die erzählte, ohne von Peggy Sues Schwingungen zu wissen, völlig geschockt, der trauernde Witwer habe sich bereits neu orientiert. Sie finde es echt unglaublich, keine drei Monate nach dem Tod seiner geliebten Gattin, aber so sei es eben, wenn ein Mann allein und hilflos ist. Wieder musste Peggy Sue an Bea denken, denn die guten Männer gingen wohl wirklich unter der Hand weg.

Lillis Traum oder
Ändern und Bessern sind zweierlei

In letzter Zeit dachte Peggy Sues Freundin Lilli immer öfter darüber nach, was sie denn wohl ohne „ihre Damen" machen würde. Was mit ihr geschehen wäre, wenn sie sich nach der Scheidung von ihrem ersten Mann nicht wenigstens diesen Traum in Weiß und Altrosa, wo sie „ihre Damen" empfing, hätte erhalten können: Lillis kleines Kosmetikstudio, das sie nach Dienstschluss in der Behörde zuhause betrieb, mehr als Hobby denn als Nebenverdienst.

Dort lagen „ihre Damen" vor ihr, genossen ihre Gesichtsbehandlungen und hörten Lillis Träumen zu. Dabei erhielten sie reinigende Peelings, porentiefe Befeuchtung, sozusagen Reinigung von innen nach außen, und dann massierte Lilli geduldig alles ein, was die Haut der Damen aufzusaugen bereit war. Und das war viel. Erstens waren die meisten der Damen jenseits der Fünfzig und zweitens verstand es Lilli meisterhaft, der Haut in kleinen Döschen und Häppchen Sättigendes und Glättendes zuzuführen, bis sie ganz prall und rosig war.

Über die Jahre waren manche der Damen zu Freundinnen und mit Lilli älter geworden. Sie hatten ihren Traum, der an sich nicht so abwegig war, buchstäblich hautnah miterlebt. In besonders innigen Momenten hatte sich Lilli angewöhnt, ganz leise klopfende Bewegungen auf dem Gesicht der Damen zu machen, damit die Haut mehr aufnahm. Wenn Lilli etwas erregter war, massierte sie umso heftiger nahrhafte Cremes ins Dekolleté, doch in verzweifelten Momenten trommelte sie nervös aufs Kopfende der Liege oder stützte sich gar darauf ab. Das mochten ihre Damen weniger, aber es hatte ihr noch keine gesagt.

Manchmal, früher, wenn *er* zuhause war, ließ sie die Damen länger allein unter dem *Vapozon* liegen. In letzter Zeit hatte sich das geändert. Lilli setzte sich nun einfach still ans Kopfende der Liege, auch wenn *er* zuhause war. Was sie dabei tat und dachte, blieb ihr Geheimnis, denn der *Vapozon* war die absolute Entspannungszeit für die Damen, die die Augen geschlossen hielten, weil der heiße Dampf ansonsten ihre Schleimhäute gereizt hätte. Wahrscheinlich saß Lilli da und sah ihren Traum vom Frauenglück verdampfen, verdunsten und sich in Luft auflösen.

Dabei hatte sie sich nichts vorzuwerfen, sie hatte sich schließlich auf eine Fernbeziehung eingestellt. Niemals hätte sie von „ihrem" Chirurgen erwartet, dass er seine leitende Position aufgeben und nach Süden ziehen würde. Im Gegenteil: Reisen, nein, Kreuzfahrten hatten sie machen wollen, die Welt wollte er ihr zu Füßen legen, ein Verwöhnstündchen nach dem anderen hätte daraus werden sollen, auch wenn der Arme unverständlicherweise 40 Prozent seines Monatsgehaltes an seine anspruchsvolle Ex-Frau zahlen musste. Aber die hatten eben echt brutale Scheidungs-Gesetze, die da oben im Norden. Lillis Ex-Mann hingegen musste für sie gar nichts bezahlen, obwohl er sie damals mit den zwei kleinen Kindern hatte sitzen lassen, um mit einer zierlichen Asiatin durchzubrennen. Aber davon wollte Lilli längst nicht mehr reden. Vorbei war die harte Zeit, die beiden Kinder waren trotzdem groß geworden, hatten ihre Berufe und sie, Lilli, ihre eigene Wohnung, ja sogar ein eigenes Kosmetik Zimmer in Altrosa und Weiß, um „ihre Damen" zu verwöhnen.

Eigentlich hätte sie zufrieden sein können, wenn eben nicht der Traummann vor einigen Jahren in ihr Leben getreten wäre, um ihr die Welt inklusive Kreuzfahrten und Verwöhnstündchen zu Füßen zu legen. Dumm wäre sie gewesen, hätte sie da nicht zugegriffen: ein Chirurg, stattlich, mit Karriere, noch dazu ein Mann fürs Wochenende, also zum Verwöhnen und Verwöhntwerden.

Geschwärmt hatte sie von ihm. Stolz hatte sie ihn „ihren Damen" vorgeführt, einen gebildeten Mann mit Anzug und Krawatte, der etwas hermachte. Manch eine ihrer Damen wurde da ein bisschen blass vor Neid, so ein stattlicher Herr, Chirurg, feinfühlig, wollte Lilli die Welt zu Füßen legen und noch dazu nur fürs Wochenende, nur um sie zu verwöhnen und für die schönen Stunden und die Kreuzfahrten. Geschwärmt hatte sie davon, wie sehr er sie liebte. Er meinte anfangs, er wäre so wunderbar glücklich. Er könne ihr einfach stundenlang dabei zusehen, wie sie seine Hemden bügelte. Ob das nicht süß sei, so geliebt zu werden, hatte sie ihre Damen gefragt.

Die Hochzeit ein einziges Glück, sogar kirchlich war möglich, denn sie war noch nie evangelisch und er noch nie kirchlich verheiratet gewesen. Die Einladungen, ein Traum in Weiß, hinter altrosa Spitzen verborgen. So ein Glück in dem Alter, das Glück noch zu finden, da musste frau schon zugreifen. Schöne Zeiten würden auf Lilli zukommen. Lilli im Glück – Lilli verrückt!

Er hatte das Pendeln nicht lange ausgehalten, sich so nach ihr verzehrt, ihre Nähe auch während der Woche spüren wollen. Sie hatte sich schlecht gefühlt, gefürchtet vor so viel Nähe. Die Wochenendbeziehung wäre ihr gerade recht gewesen, aber wie hätte sie ihm das beibringen sollen, ohne ihm das Gefühl zu vermitteln, im Gegenzug nicht so innig und hingebungsvoll geliebt zu werden?

In Lillis Heimatstadt hatten sie nicht auf einen Chirurgen aus dem Norden gewartet, also nahm er eine Stelle an, eine gute Stunde von ihr entfernt. Das kam Lilli noch entgegen, denn sie konnte und wollte seine medizinische Bibliothek und seine Golfschläger nicht beherbergen, hatte es doch die Harmonie in ihrem Schlafzimmer schon beträchtlich durcheinandergebracht, für ihn einen zweitürigen Zusatzschrank einzubauen. Er, der Chirurg, fand es seinerseits beruflich schwierig im Süden, denn die im Norden hatten doch einiges ganz anders gemacht. Außerdem stellte sich heraus, dass die Stelle schon länger vakant gewesen war, weil der Abteilungsvorstand ein bekannt unverträglicher Chef war. Als es zum Showdown zwischen den beiden Chirurgen kam, blieb dem Mann aus dem Norden nichts anderes übrig, als seine medizinische Sammlung dem Altpapier anzuvertrauen und bei seiner neuen Frau um Dauereinlass zu bitten. Die Stelle, die er annahm, war eine Zwischenlösung in der medizinischen Verwaltung, nicht auf Dauer, nur ein Übergang! Bald würden seine Chirurgenhände wieder Leben retten.

Ja, das war jetzt auch schon eine gute Zeit her, er rettete noch immer keine Leben und seines und ihres waren den beiden entglitten. Keine Kreuzfahrten, dafür immer noch

Hemden zum Bügeln, keine Reisen, zumindest keine dahin, wo versprochen. Von Heimweh geplagt, zog es ihn immer öfter nach Norden, zu alten Freunden, zur alten Frau. Die Arme litt auch, denn ihre 40 Prozent waren proportional zur Anzahl der geretteten Leben gesunken.

Lilli hatte dann noch tapfer versucht, Diät zu kochen, gemeinsam einen Plan durchzuziehen, denn so schnell wollte sie den Traum vom „feschen Chirurgen" nicht begraben. Aufgegeben hatte sie schließlich, als sie ihn zufällig sah, vom Auto aus, wie er aus dem *Pizza Express* kam, beide Hände voll. Sie verbannte den 140-Kilo-Verwaltungsbeamten ins Gästezimmer, ihn, der schon längst in keinen Anzug mehr passte und dessen größte Freude darin bestand, abends, endlich von Zwängen befreit, im Jogginganzug vor dem Fernseher „ihre Couch" zu belagern und das Wohnzimmer mit „seinem Sport" zu füllen.

Deshalb bleibt Lilli bis heute ganz verträumt hinter „ihren Damen" sitzen und sieht gedankenverloren zu, wie ihnen der Dampf langsam die Poren öffnet.

Oben Ohne 01

Der Platz war noch viel größer, als sie ihn sich vorgestellt hatte. Auf den Stufen sitzend konnte sie fast die ganze White Hall hinuntersehen. Es war angenehm in Schatten. Die Menschen wanderten langsam um die Brunnen und kühlten im Vorbeigehen ihre Arme oder spritzten einander übermütig an. Kinder sprangen herum und lockten die Tauben mit Körnern, die ihnen die Eltern bei einem Stand am Rand des Platzes gekauft hatten. Und wenn die Tauben friedlich am Picken waren, rannten sie hinein und jauchzten vor Freude über die Vögel, die sie beinahe fangen konnten. Aber eben nur beinahe. Peggy Sue hatte sich standesgemäß schon bei Charing Cross eine *Sunday Times* gegönnt, die sie, aber das wusste sie da noch nicht, vergeblich herumschleppen würde, weil sie den ganzen Tag nicht aus dem Staunen herauskam. Die Nelson-Statue hatte sie sich größer vorgestellt, und überhaupt sah er Napoleon ähnlich mit seinem Hut. Schon verrückt, die Engländer mit ihrem Empire!

Irgendwann sprach sie der junge Mann, der neben ihr saß, an und fragte, was sie denn schon alles gesehen hätte. Er sah *very British* aus und hatte einen interessanten Akzent. Nichts, meinte sie, es sei ihr erster Tag in London, es sei überhaupt ihr erster Englandaufenthalt. Er ließ sie an seiner Lebensphilosophie teilhaben, dass er einen Hund allemal einer Freundin vorzöge. Hunde, die seien immer treu, man wisse immer, was einen erwarte, nämlich Anhänglichkeit. Sie war mit dem

Fremden damals schnell ins Gespräch gekommen. Der Platz lag schon fast im Schatten, als sie sagte, sie wolle weiter, noch mehr von der Stadt sehen. Da bot er ihr an, in seinem Cabrio eine Sightseeing-Tour zu machen, es sei ja Sonntag und kein Verkehr.

Peggy Sue, 19 Jahre, mit ihrer Tagesumhängetasche aus Mexico und der *Sunday Times* auf dem Schoß, in einem dunkelgrünen *MG Midget* neben einem Engländer, an dessen Seite sie sich vollkommen sicher fühlte, weil er ja seinen Hund einer Freundin vorzog. Die Mall hinunter, den umgekehrten Weg, den die Queen zur Eröffnung ins Parlament kutschiert wird. Vorbei an ihrem Palast zur Viktoria Station und über die Viktoria Street weiter zur Westminster Abbey, gleich zweimal vorbei am Westminster Palace und einmal stehengeblieben für ein Foto mit Big Ben (das Foto hatte sie heute noch). Weiter über die London Bridge und wieder zurück über White Hall zum Piccadilly Circus.

Peggy Sue wusste nicht, was schöner war, die Fahrt im offenen *MG Midget* mit dem Fahrtwind, der ihr die Gerüche der Großstadt zuwehte, oder doch die Sehenswürdigkeiten, die sie ja nur aus dem Reiseführer kannte. Ob er schon einmal am Piccadilly übernachtet habe, wollte sie wissen. Aber nein, wenn er in der Stadt sei, dann sei er immer im Club, dort sei schon sein Vater Mitglied gewesen. Was ihn daran erinnerte, er müsse bald los zu einem Dinner, ob Covent Garden für Peggy gut sei zum Aussteigen? Es war gut.

Oben Ohne 02

Der Sommer damals in England war heiß gewesen, extrem heiß, später sprach man von einem Rekordsommer. Peggy Sue war für zwei Monate gekommen, in der Erwartung von Regen und kühlem Nass. Stattdessen lernte sie schnell auch den Pullover zuhause zu lassen, denn es kühlte auch am Abend kaum ab. Unten in Brighton war es ja noch auszuhalten gewesen, aber in der Stadt war es *baking hot*.

Ihre Freundin Maggie hatte sie eingeladen zu einem *Blind Date* bei einem Fußballspiel von Woolwich Arsenal. Am Weg zum Stadion sahen sie die Fans, die sich hin und wieder eine Flasche Wasser über den Kopf oder ihrer Freundin in den Ausschnitt schütteten. Peggy Sues *Blind Date* war schon krebsrot im Gesicht und an den Armen. Sein Akzent war für sie fast unverständlich, er hingegen konnte nicht oft genug betonen, wie *posh* und *upper class* sie doch klänge, und zeigte bei jedem Lachen seine Zahnlücken.

Nicht nur, dass sie Fußball wenig bis gar nicht interessierte, wo sie doch auf Shakespeares Spuren wandelte, hatte sie noch dazu Angst vor Menschenmassen und Gedränge. Zudem fand sie die Ausdünstungen, die sie trafen, als sie sich zu den Tribünen durchkämpften, aufdringlich. Gottseidank setzte sich wenigstens Maggie neben sie, sodass sie nur von rechts, von vorne und hinten mit Männerschweiß zu rechnen hatte. Die Tribüne lag in der Sonne, weil es die Heim-Tribüne war.

Und dann ging es los. Die letzten Fans zogen ihre T-Shirts oder Hemden aus. Sie zeigten bestenfalls einen Six-pack, aber vornehmlich Bierbäuche. Viele krebsrot und behaart. In den Haaren standen die Schweißperlen, unter den Armen hingen sie in rötlichen Haaren fest. Schweiß! Es war ein Alptraum. Peggy Sue war umgeben von halbnackten, schwitzenden, grölenden Männern, die ihr Oberteil hinten in die Hose gesteckt hatten, dass es wie ein Pferdeschwanz herunterhing, wenn sie aufsprangen, um ihr Team anzufeuern. Oder wenn sie enttäuscht mit einem gemeinsamen Aufstöhnen niedersanken, wenn der Konter fehlschlug. Hie und da zogen sie das Shirt heraus, um es wütend zu schwingen, ihr Team anzufeuern und sich dann den Schweiß von der Stirn oder vom Körper zu wischen. Mit dem Schweiß dünsteten sie Bier aus. Es dauerte eine gefühlte Ewigkeit, bis Woolwich Arsenal gewann.

Silberfischjagd

Schon wieder fand Sue zwei Silberfische. Sie hinterließen eine grausilberne Spur mitten im Ordner und jetzt hatte sie zu allem Überfluss noch den Finger an ihrer Hose abgewischt. Der Ordner roch abgestanden. Manche der Unterlagen steckten in Plastikfolien, die schon ganz steif und gelblich waren. Musste sie das alles wirklich aufbewahren? Heiratsurkunde, Hochzeitsanzeige, Meldezettel, Maturazeugnis, den ersten Arbeitsvertrag. Eigentlich sollte sie sich jetzt um ihre Pensionszeiten kümmern, die Teilzeitarbeit nach den Geburten könnte ihr noch auf den Kopf fallen.

Er, Fred, war ja immer fein heraus, auch bei der Silberfischinvasion in ihrer ersten gemeinsamen Wohnung. Da waren sie plötzlich überall und er hatte gesagt, sie müsse ihnen halt die Lebensgrundlage entziehen, also mehr putzen. Sie war schließlich in Karenz und er überließ ihr alles. Sie stellte überall die roten giftigen Silberfischdosen auf und musste zudem darauf achten, dass sie nicht in die Hände der Kinder gerieten. Der Kampf war aussichtslos, bis sie die Kinder wegpackte, an allen Fußbodenrändern Gift streute und mit der Familie zu den Schwiegereltern fuhr. Nach der Rückkehr kehrte sie eine ganze Schaufel toter Silberfische und Gift zusammen, ehe die Familie die Wohnung betreten durfte.

Die Verantwortung für die Silberfische war nur die Spitze des Berges an Verpflichtungen, die an ihr hängen geblieben waren. Finanzamt, Bank, Spielgruppen, Elternabende, Arzttermine, Autokauf, Kindersitze, einfach alles. Die Therapeutin hatte damals gemeint, sie habe ihren Mann in der Ehe quasi entmündigt, ihm das Jagen abgenommen. Sue war zu erschöpft gewesen, ihr ins Gesicht zu springen. Was wusste die Frau davon, wie es war, mit Fred, einem Bibliothekar, zusammenzuleben.

Das Fotoalbum roch auch muffig. Wer war eigentlich auf die Idee gekommen, das Hochzeitsfoto vor einem altdeutschen Schrank zu machen? Weshalb die gestellte Geste, wie er ihr etwas Unsichtbares von der Nase wischte, wo er doch später keinen Finger gegen die Silberfische rührte? Aber genau diese Geste schien damals so fürsorglich, so berührend. Wann hatte es eigentlich angefangen, dass er ihr alles überließ, dass Silberfische ihr Revier wurden? Wie sie den Geruch von Lavendel hasste. Am liebsten würde sie alle Ordner in Bausch und Bogen entsorgen, aber sie war ja zur Archivarin der Familiengeschichte geworden, während er mit seinen Büchern in der schnuckeligen kleinen Dachwohnung residieren konnte.

Aufbruch

Da war sie jetzt wieder in ihrer Heimatgemeinde. Nach all den Jahren, in denen sie versucht hatte, sich von ihren Eltern zu distanzieren, weil sie keine guten Erinnerungen an ihre Kindheit hatte, ihren Vater und sein Schweigen nicht ertragen konnte und ihre Mutter verachtete, die Dulderin, die ihn immer verteidigte und alles hinnahm. Wieviel Geld hatte sie doch in den letzten Jahren zu Dr. F getragen, nur um sich damit auszusöhnen. Wie viele tolle Reisen hätte sie mit diesem Geld stattdessen unternehmen können?

Daran dachte sie, während sie an der Seite ihrer Mutter neben ihren Geschwistern in der Dorfkirche die Messe über sich ergehen ließ. Auch ihre Kinder, die jetzt verloren neben den Cousins und Cousinen standen, die sie nicht wirklich kannten, hatte sie verständigt. Die Reden über den Verstorbenen, Susannes Vater, waren für sie Reden über einen Fremden. Niemand nannte sie hier Peggy Sue, und so klang sie sich selbst fremd, sofern sie in den Grabreden überhaupt erwähnt wurde. Die Jahrgänger lobten ihren Vater fürs Überleben und den Zusammenhalt, die Versehrtenturner für die Medaillen und die Ehrenmitgliedschaft, die Innung für die jahrelange Obmannschaft, die Fischer für die Sicherung der Fischereirechte und die Wiederansiedlung des Bitterlings und der Rheinäsche in den Baggerlöchern, der Pfarrer für die vielen Kinder, den regelmäßigen Kirchgang und den Beitrag zur Orgel.

Ja, ihr Vater war ein Mann gewesen, der seine Gemeinde seit dem Krieg kaum verlassen und ihr mit seiner Art den Stempel aufgedrückt hatte. So wie er es bei seiner Tochter Susanne getan hatte, ohne es zu wollen. Er hatte sie nachhaltig geprägt und ihrem Leben eine Richtung gegeben, die, trotz Namenswandel, zu ändern ihr immer noch fast unmöglich schien. Eine Fluchtrichtung?

Der Leichenzug bewegte sich nun langsam hinter dem Sarg, voran die Fahnen der Vereine, dann der Pfarrer mit zwei Ministrantinnen, dahinter die Mutter an der Seite ihrer Brüder. Sue hatte sich zurückfallen lassen, um mit ihren Kindern zu gehen, aber trotzdem stand sie am Ende wieder in der ersten Reihe am offenen Grab. Noch bevor der Sarg endgültig versenkt war, wurde ihr klar, dass sie, wenn sie eine Änderung wollte, nun niemandem mehr die Schuld geben konnte. Sie beschloss, direkt vom Begräbnis weg aufzubrechen.

Sue übergab den Kindern ihre Hausschlüssel, rief nochmals im Verlag an und fuhr los, obwohl schon später Nachmittag war. Sie hatte keine Landkarte bei sich, aber auch kein Ziel und keine Aufgabe. Ihr Therapeut Dr. F hatte einmal zu ihr gesagt, am Ende der Therapie bestünde die Aufgabe darin, allein, mit nichts außer der Kreditkarte und dem Pass, aufzubrechen zu einer Reise ins Unbekannte, auf einer Route, die man noch nicht begangen oder befahren hat.

Sie fuhr durch die Schweiz auf Bundesstraßen, denn sie wusste nicht, ob sich die Vignette lohnen würde. Sie aß in einem „Hirschen", oder war es ein „Ochse", neben der Straße. Sie und die Bedienung waren die einzigen Frauen im Raum.

Sie trank so viel vom Hauswein, dass es nur vernünftig war, hier und jetzt um ein Zimmer zu fragen. 90 SFR mit Frühstück, ganz ruhig, Blick auf den hinteren Parkplatz. Der Blick aus dem Fenster bestätigte ihre Vermutung von vorhin: Polnische Fernfahrer, Mautflüchtlinge wie sie, waren das am Nebentisch gewesen.

Das Bild in ihrem Zimmer war wohl ebenfalls für die Fernfahrerklientel gedacht – ein Mann stand barfuß mit Blick aufs offene Meer, seine lange Hose nass bis zur Hüfte, auf dem Kopf eine Reisetasche balancierend, die aussah wie eine Riesenbanane, draußen das Boot vor Anker ohne Segel, den Motor eingezogen. Verabschiedete sich der Mann vom Boot, mit dem er gekommen war? Sicher, die nassen Hosen waren Beweis, dass er kam und nicht ging. Er kam und schaute zurück, aber sie ging und schaute nach vorne!

Sue schlief schlecht, sehr schlecht, einer der Fernfahrer torkelte in der Nacht gegen ihre Türe, versuchte sie fluchend aufzusperren, bis ihn ein Kollege weiterzog. Dann quälten sie Träume von Bootsflüchtlingen, Menschen, die alles verloren hatten und irgendwo strandeten. Wieder wachte sie schweißgebadet auf und öffnete das Fenster. Als sie das nächste Mal aufwachte, war es von einem Dröhnen, begleitet von unangenehmen Küchengerüchen, der abgestandenen Abluft der Hirschen-Küche. So hatte sie sich ihren Aufbruch nicht vorgestellt.

Peggy Sue Goes East

Als Peggy Sue morgens die Gaststube betrat, in der sie bereits am Vorabend gesessen hatte, war diese leer bis auf die Kellnerin vom Vorabend. Sie setzte sich wie ein schutzbedürftiges Kind an den Tisch, der am nächsten zur Theke stand, mit Blick auf den Raum. Bald danach kamen die Fernfahrer, den Betrunkenen der vergangenen Nacht konnte sie darunter nicht ausmachen, und setzten sich schweigend an einen der Nebentische. Die Kellnerin servierte ihnen automatisch Kaffee, Berge von Semmeln, Marmelade und riesige Teller mit Spiegeleiern und Speck, vor dessen Geruch Sue ekelte.

Sie brach möglichst schnell auf, stopfte ihre wenigen Habseligkeiten und den Laptop in die Reisetasche und hoffte, sie könnte mit Kreditkarte bezahlen. Die Fernfahrer beobachteten sie gelangweilt, als sie die diesbezüglichen Verhandlungen begann und schlussendlich doch ihre Euroscheine herausrückte. Nach langem Hin und Her tauchte auch das Wechselgeld auf.

Genervt warf sie ihre Tasche ins Auto, versuchte zu starten und hörte nichts als ein Klicken. Klick und wieder klick. Unmöglich, sie hing fest, nur wenige Kilometer gereist, schon an der ersten Station!

Geradezu wie vorprogrammiert – schon zweimal hatte ihr Mechaniker beim Service gemeint, der Starter könnte jederzeit eingehen, sie solle doch an einen Austausch denken. Dass jederzeit jetzt war, passte Sue überhaupt nicht und sie wusste natürlich auch, dass ein neuer Starter hier in Rapperswil sicher nicht so leicht aufzutreiben war. Sie würde sich von den Fernfahrern anschieben lassen und dann den Motor nicht mehr abstellen. Weshalb hatte sie sich nicht längst ein neues Auto gekauft? Jetzt fielen ihr ihre Verzögerungstaktik und Entschlussschwäche auf den Kopf, aber wie!

Die Fernfahrer sahen sie an, als hätten sie sie noch nie zuvor gesehen, hörten „anschieben" und deuteten mit beruhigender Geste auf einen Platz neben ihnen auf der Bank. Die Teller mit den erkalteten Spuren von Spiegeleiern, Brotresten, Käserinden und Tassen mit schwarzem Kaffee standen noch auf dem Tisch. Die Kellnerin brachte auf einen Wink hin auch für Sue eine frische Tasse. Sie fühlte sich eingekeilt. Links ein schmächtiger, weißblonder Mann undefinierbaren Alters, rechts ein kräftig gebauter, der fast die ganze Breitseite des Tisches beanspruchte und dessen körperliche Nähe und Hitze sie deutlich spüren konnte, obwohl sie an der äußersten Kante der Bank saß. Sue zappelte, wie immer, wenn etwas nicht sofort und so geschah, wie sie es gerne hätte – aber sie war den Männern ausgeliefert, wenn sie von hier wegwollte. Als sie sich endlich dazu bequemten, ihren Wagen anzuschieben, passierte gar nichts. Kein Start, auch nicht bei eingeschalteter Zündung.

Wohin sie wolle, sie zuckte mit den Achseln, ob sie mitwolle? Wohin? Ost-Route? Da nickte sie mit dem Kopf. Sie schoben ihr Auto auf den hinteren Parkplatz in eine Ecke und ließen den Schlüssel stecken. Die Papiere nahm sie an sich. Während sie auf das Wiederauftauchen der Fahrer wartete, ging sie noch einmal hinein, erbat vage ein paar Tage Stehzeit für ihr marodes Auto und kaufte mit den Franken, die ihr die Kellnerin zuvor als Wechselgeld gegeben hatte, zwei Gasthof-Hirschen-Karten. Im Zentrum der Gasthof, eingebettet in ein Oval, in den Quadranten rundherum Ansichten von Rapperswil.

Die Männer warfen Sues Tasche hinter die Rückenlehne und wiesen ihr den Platz in der Mitte zu. Zugeteilt war sie dem Laster mit dem Fahrer, neben dem sie bereits gesessen hatte. Das Besteigen des Riesen gestaltete sich für Sue wie das Aufsitzen auf einem Pferd, sie konnte sich nicht selbst hochziehen und fühlte sich unangenehm berührt, als einer der Männer ihr an den Hintern griff und sie einfach hochschob. Der Vorhang hinter ihrem Rücken beunruhigte sie ebenso wie die zwei Männer, zwischen denen sie nun festsaß. Beide Hände artig auf dem Schoß, die Augen starr nach vorne gerichtet, fuhr sie mit ihnen schweigend gegen Osten.

Nach einer guten Stunde meldete sich Sues Blase, nervös wie eh und je, aber sie konnte den Männern nicht sagen, dass sie schon wieder lästig sein musste, und klemmte die Schenkel noch etwas enger zusammen – irgendwann würden auch die Fahrer müssen. Nach einer quälenden, immer noch schweigsamen weiteren halben Stunde steuerten sie einen Rastplatz an. Die Männer sagten „*Pausa*", sonst nichts.

Sue rutschte zur Beifahrertüre und überlegte, ob sie vorwärts oder rücklings aussteigen sollte, und fürchtete sich vor dem Sprung vom Trittbrett. Schlussendlich hing sie mit der rechten Hand am inneren Türgriff, die linke an der Türangel festgekrallt, in der Luft und überlegte, wie sie nun springen sollte, als der Fahrer auf ihre Seite kam und sie von unten ansah wie ein kleines Kind, dem man vom Baum herunterhelfen muss. Während sich Sue innerlich noch dagegen wehrte, griff der Fahrer zu und zog sie herunter. Sue konnte ihren Daumen nicht mehr rechtzeitig aus der Ritze zwischen Tür und Holm ausfädeln und spürte, wie es ihn fast ausriss auf dem Weg nach unten.

Sie landete auf den Füßen und wusste, der Daumen musste warten, die Toilette hatte Vorrang. Dass er verletzt war, spürte sie. In der Kabine versuchte sie ihre Hose mit einer Hand aufzumachen, half mit der anderen Hand bei abgespreiztem Daumen nach und hätte sich am liebsten niedergesetzt und geheult, so weh tat es. Die hygienischen Bedingungen hielten sie davon ab, stattdessen ließ sie ihren Hintern zitternd über der Kloschüssel schweben und versuchte sich mit den unverletzten Fingern der rechten Hand am Klorollenhalter festzuhalten. Dann würgte sie die Hose mit schmerzendem Daumen nach oben, machte sie behelfsmäßig zu und ging zurück zum Laster. Jetzt hatte sie auch die linke Hand nicht mehr als Einstiegshilfe und würde sich wirklich wie ein Kind beim Ein- und Aussteigen helfen lassen müssen, hatte Schmerzen, dass ihr schlecht war, und war auf zwei schweigende polnische Fernfahrer angewiesen.

Ihr Daumen begann schon anzuschwellen und pochte heftig. Sue hatte nur den einen Impuls, an der Bordsteinkante zu sitzen und zu heulen, aber sie wusste nicht, wie sie sich mit hinsetzen und wieder aufstehen sollte, ohne sich mit beiden Händen abzustützen. Die Fernfahrer standen beisammen, rauchten und beachteten sie nicht. Sie hielt sich in der Nähe, um ihre Reisetasche mit dem Laptop sicher wiederzusehen.

„Scheiße! Scheiße! Scheiße!"

„Mama! Mama! Mama! – Weh weh weh – ich will heim!"

Dann kochte Wut in ihr hoch, nicht schon wieder eine Verletzung, die ihre Unternehmungen beeinflussen sollte. Nein, diesmal nicht – sie würde sich durchbeißen und um Hilfe fragen. Vielleicht hatte sie gar drei Wünsche frei wie im Märchen.

Im Tunnel

Peggy Sue stand mitten im Tunnel, da, wo die Fernfahrer sie hatten aussteigen lassen. Genau da, wo er den höchsten Punkt erreichte, bevor es wieder abwärts ging. Exakt in der Mitte des Tunnels, so hieß es, mitten auf der Fahrbahn müsse man sich aufhalten, dann würde man Zeichen bekommen, wie man seinen Herzenswunsch äußern könnte, eventuell könnten es auch zwei oder drei sein.

Der Verkehr inklusive Schwerverkehr rauschte in beiden Richtungen an ihr vorbei, und schon mehrmals war es fast zu einem Auffahrunfall gekommen wegen der vielen Gaffer, die ihre Fahrt verlangsamten oder gar anhielten, um sie zu beschimpfen: „Bist deppat, do mitt'n auf da Foabohn!" – „Ge heast, schpülst mit dein' Leben!", gehörte noch zu den freundlicheren Kommentaren.

Zwischen all dem Lärm und den Abgasen und Beschimpfungen versuchte sich Peggy Sue auf ihre drei Hauptwünsche zu konzentrieren und diese zu reihen, falls sie doch nur einen frei hätte. Weit vorne in der Reihung lag das Haus mit *Sundeck* in Maine, aber dann überlegte sie schon, wie einsam es da wohl sein könnte ohne Besuch ihrer Freundinnen.

Also doch das große Haus mit den Gästezimmern, dem großen Salon und dem Gärtner. Doch dafür allein verantwortlich sein? Also lieber mit einem Partner, mit dem sie Tisch und Bett teilen könnte? Dem Partner, der sie aus dieser

Hölle hier mitten im Tunnel hinaustragen, ihre geheimsten Wünsche und Sehnsüchte erahnen und erfüllen könnte?

„Du Trampel, schleich di do mitt'n auf der Fahrbahn! Wüllst leicht a Kühlafigua wean?" Schon wieder geriet ihre Prioritätenliste ins Wanken – lieber doch schlank und schön, dann ergäbe sich wohl alles von selbst – ja, schlank und schön, nein, jünger!

Ihr Daumen, den sie sich beim Aussteigen aus dem LKW gezerrt hatte, pochte so heftig, dass sie vor Schmerzen fast verrückt wurde. Da rollte die Autobahnpolizei mit Blaulicht an, denn Peggy Sue war mit ihren Wünschen und Fragen zu einem Verkehrshindernis geworden.

„Ja, gute Frau, was wollenS' denn da allein mitten im Tunnel? Können wir Ihnen helfen?" „WissenS', wie Sie heißen? KommenS', steigenS' doch ein, bitte schön! Wir fahren Sie gerne heim. Wissen Sie, wo Sie daheim sind? Können wir jemanden anrufen für Sie?"

Doch Peggy Sue lehnte ab: „Nein danke, ich warte hier, wissen Sie, wenn ich hierbleibe, habe ich mindestens einen, vielleicht auch drei Wünsche frei!"

Die Beamten gaben einander ein Zeichen und schoben sie mit sanfter Gewalt zum Streifenwagen. Auf beiden Seiten hatte sich inzwischen der Verkehr gestaut. Das Gehupe, das die Tunnelwände auf sie zurückwarfen, wurde immer unerträglicher, die Abgase standen in der Luft, aufgebrachte Fahrer näherten sich von beiden Seiten, sodass es Peggy Sue nun doch für opportun hielt, sich freiwillig ins Innere des Streifenwagens zu retten. Mein Gott, wie schnell nur können sich alle Wünsche darauf reduzieren, in einem Streifenwagen sitzend und mit Blaulicht durch die Rettungsgasse den Tunnel zu verlassen. Vergiss die blöde Wunschliste, Hauptsache, weg aus dieser Hölle!

Die Erleichterung verflüchtigte sich und Peggy Sue versuchte von der Rückbank aus immer wieder mit den Polizisten ins Gespräch zu kommen, aber sie waren unerreichbar, sahen einander nur an und reagierten nicht. Peggy Sue wurde immer verzweifelter, sie musste doch zu ihnen durchdringen und flehte: „Bitte, bitte rufen Sie meine Freundin Nora an, die kann das bestätigen, ich muss an einen schwierigen Ort, bitte, bitte!" Doch die Polizisten fuhren stur weiter und beachteten sie nicht, es war so, als ob sie nicht da wäre. Der Beifahrer, Fred in Polizeiuniform, las auch noch demonstrativ in einem Buch, das auf seinen Knien lag. Sues Verzweiflung stieg. Sie musste zu den Beamten durchdringen: „Nora, bitte, Sie müssen Nora anrufen, meine Freundin Nora weiß es doch, die wird es Ihnen bestätigen, ich musste an einen schwierigen Ort, bitte, Nora, hilf mir doch!"

Peggy Sue erwachte, als Nora mit einem Glas Wasser an ihr Bett trat: „Nimm noch ein Schmerzmittel, morgen sind wir daheim und dann sehen wir, ob dein Daumen operiert werden muss. Um dein Auto habe ich mich schon gekümmert."

Susanne

Peggy Sue und alle anderen waren in ihrer Jugend alle sowas von unzufrieden mit ihren Namen. Ihre Eltern hatten sich nichts einfallen lassen, wenn sie ihre Töchter wie die Großmütter Berta, Dorothea oder Susanne nannten. Das führte dann dazu, dass die Mädchen Bertile, Dorle und Susi gerufen wurden, weil man akustisch die Junge mit den Zöpfchen von der Alten mit dem aufgesteckten Haar und der Mantelschürze unterscheiden musste. Niemals würden sie, die Mädchen, aufgestecktes Haar und eine Mantelschürze tragen, genauso wie die Burschen in ihrer Klasse sich nicht Anton (vulgo Toni), Friedrich (vulgo Fritz) oder Josef (vulgo Sepp) nennen und kurzgeschorenes Haar tragen wollten. Sie alle wussten schon damals, dass sie ganz anders sein wollten als die Alten vor ihnen, die so verzopft waren und beklagten, dass die Jungen sonntags daheimblieben und ausschliefen, anstatt in die Sonntagsmesse zu gehen. Was sollte da bitte das Dorf denken?

Was das Dorf dachte, war den Alten wichtig. Das Dorf lauerte überall. Das Dorf wusste genau, wer wen mit dem Moped mitgenommen hatte, also genauer, wer bei wem aufgesessen, wer wo nach der Maiandacht einen Umweg gegangen und mit wem auf einem kalten Stein gesessen war. Das Schlimmste war, die Mädchen sollten nicht nur brav lernen, der Mama helfen, an die Zukunft denken, weil der richtige Mann doch nicht so leicht zu finden war, sondern sie hatten

auch noch ihren guten Ruf zu verteidigen nach der abend-
lichen Maiandacht. Denn war der einmal futsch, na dann
gnade uns Gott. Und weil Gott zwar überall war, aber nicht
immer Zeit für jede Einzelne hatte, trugen sie alle meist noch
einen zweiten oder dritten Vornamen, weil die Extra-Hei-
ligen dafür da waren, die Mädchen zu beschützen vor dem
Schlimmsten, das zumindest für die Mädchen eigentlich fast
überall lauerte, obwohl sie damals ja das Dorf hatten, das auf
sie aufpasste. Aber man konnte schließlich nie wissen.

Kein Wunder, dass die Jungen als erstes mit ihren Vornamen haderten und den Georg den Schorsch, den Josef kei-
nesfalls Sepp, sondern Joe, den Franz nicht Franzl, sondern
Frank nannten, aus Manfred Fred machten und Maria zu
Mary, Bettina zu Betty oder Tina, Susanne zu Susie und Mar-
gareta zu Marge. Brigitta wurde nicht zur Gitti, sondern zu
Bridget. So wechselten sie alle zwischen Englisch und Französisch, Hauptsache nicht so heißen wie die Altvorderen.

Im Gymnasium nannte sich Susanne erst Susie, aber dann
begann sie ihre Hefte mit Sue G zu beschriften und übte diese Unterschrift, bis sie zumindest ihres Erachtens lässig he-
rüberkam. Susannes Eltern, die Verzopften, weigerten sich,
ihren Namenswandel mitzumachen, dafür war ihre kleine
Schwester begeistert, wohl weil sie schon ahnte, dass auch sie
nicht für immer Lisile genannt werden wollte.

Dann sangen alle plötzlich Buddy Holly's *Peggy Sue: „If
you knew Peggy Sue Then you'd know why I feel blue without
Peggy My Peggy Sue"*. Die Single legte sie jeden Morgen auf
und träumte sich weg vom Dorf, in das sie jeden Tag mit
dem Bus aus der Schule zurückkam, aus dem sie dann bei

der vorletzten Haltestelle kurz vor der Grenze ausstieg und wo sie alle als Susanne G. kannten. Schon damals wusste sie, dass Peggy Sue mehr erleben wollte als Susanne, Susi oder auch Susie.

Bei Dir müssen sie doch Schlange stehen

Den Satz „Bei dir müssen sie doch Schlange stehen, du bist so attraktiv" hatte sie einfach nur satt. Der Satz kam immer nur von Frauen, wenn sie erfuhren, dass Peggy Sue Single war. Nicht, dass sie ein Problem damit hatte, Single zu sein, aber es wurmte sie doch, dass sie keine Angebote bekam, die sie ausschlagen könnte.

Ihre Freundinnen reagierten unterschiedlich, wenn sie einmal versuchte, sich einer anzuvertrauen. Alberta, selbst mit einem viel älteren Mann verheiratet, hatte sowieso null Verständnis, und Peggy Sue fühlte sich gekränkt, als Alberta neulich sagte: „Es wundert mich nicht, du bist so frauen-orientiert, du machst ständig nur Dinge mit Freundinnen!" Peggy Sue nahm sich vor, ihre Freundin bei Gelegenheit darauf anzusprechen. Was würde Alberta sagen, wenn sie mit ihrem Hermann eine Verabredung fürs Kino hätte? Mit wem würde denn Alberta ins Kino gehen, wenn sie ohne ihren Mann wäre? Alberta und sie waren schon lange befreundet, aber Peggy Sue wunderte sich über diese Aussage und wollte vor Alberta nicht zugeben, dass sie sich manchmal nach einem Gefährten sehnte.

Sie sollte eventuell mehr mit Lilli unternehmen und ihr etwas abschauen. Lilli konnte so hilfsbedürftig wirken, hatte ein verheerend schlechtes Selbstvertrauen, fand ihre Haare zu lockig, ihre Haut zu gegerbt und jammerte über die kleinsten Fettpölsterchen. Wenn Peggy Sue bei ihr zur Kosmetik, den sogenannten Verwöhn-Stündchen, eingeladen war, kamen immer dieselben Sätze: „Deine zarte rosige Haut, nur um die Augen ein wenig trocken. Deine schönen, kastanienbraunen, kräftigen Haare möchte ich haben. Wenn ich dir jetzt ein Häubchen drüberziehe, ist die Frisur kaputt." Peggy Sue antwortete jedes Mal: „Meine Frisur, die kann man nicht kaputt machen, stell ihn ruhig an, den *Vapozon*." Sie liebte ihn, den *Vapozon,* wenn er sie langsam eindampfte.

Später erzählte Lilli immer das Neueste. Sie hatte gerade einen Verehrer, aus der Sauna im Fitnessstudio. Lilli ging nämlich ins Fitnessstudio, aber nur in die Sauna, weil sie da so schön entspannen konnte. Peggy Sue hörte zu und fragte sich, was habe ich von meiner angeblichen Schönheit, wenn mich noch nie ein Mann in der Sauna angesprochen hat? Was hindert mich daran, mir zu holen, was ich will, was erzeugt die Wand zwischen mir und einem potenziellen Partner? Weshalb schaffte das die angeblich so unselbstständige Lilli, von der nur Eingeweihte wussten, dass sie in ihrem Brotberuf Leiterin einer Stabsstelle war und erst neulich die Übersiedlung eines ganzen Büros gemanagt hatte, inklusive neuer Möbel, Belegungsplan und so weiter. Aber so etwas würde ihr vor einem Mann nie herausrutschen, selbst vor Peggy Sue spielte sie es herunter, so, als ob das jeder andere besser gekonnt hätte.

Peggy Sue wusste genau, dass ihr das Bescheidenheitsgen fehlte und sie nichts lieber tat, als sich mit jemandem auf gleicher Ebene zu unterhalten. Da kam logischerweise das Bewundern des Mannes zu kurz. Männer haben gelernt, dass man ihnen in gar jedem Falle gerne zuhört und ihnen ebenso gerne Recht gibt. Selbst dann, wenn sie Stumpfsinn verzapfen oder man merkt, dass sie sich mit Halbwissen irgendwie durchhanteln.

Es war bestimmt so, dass sie zu selbsständig war und schon immer alles selbst gemanagt hatte, auch als sie noch mit Fred zusammen war. Hatte sich Fred in sie verliebt, weil er wusste, dass sie sowieso alles übernehmen würde, was er als Alltagskram abtat? Sogar seine abgelegten Sachen, die er ihr beim Ausziehen in seine schnuckelige kleine Wohnung hinterlassen hatte? Hatte er sie je anlehnen lassen, hatte sie ihm je ihre Bedürftigkeit zeigen können?

Könnte sie doch nur ein bisschen wie Lilli sein, mit dem zu lockigen Haar und dem mangelnden Selbstbewusstsein, dann wäre es den Männern in der Sauna völlig klar: „Die Frau könnte man ansprechen!"

Stutenschau

Sie hätte sich dagegen wehren sollen, gestern, beim Spaziergang mit Irene. Von weitem schon waren die aufgereihten
Geländewagen mit den Pferdeanhängern zu sehen gewesen.
Ab und zu kam ihnen einer entgegen mit einem stampfen-
den, unruhigen Pferd drinnen. Aber es war schon zu spät,
denn ihre Freundin war nicht mehr zu halten, sie musste näher an die Veranstaltung herankommen, und so blieb Sue
keine andere Wahl, als entlang der offenen, teils leeren An-
hängern direkt in den Hof zur Stutenschau zu gehen.

Überall junge Stuten, frisch gebürstet und gestriegelt,
aufgeregt tänzelnd, von ihren Besitzern, meist Mädchen, im
Kreis oder auf und ab geführt, die ihnen ins Ohr flüsterten,
um sie zu beruhigen oder in eine Richtung zu drängen. Die
Mähnen liebevoll zurechtgezupft, hier eine mit Mantel und
andere, deren Mähnen zu Zöpfchen mit roten Maschen ge-
flochten waren. Ja, es gab sogar ganz Verwegene mit frechen,
in die Stirn gekämmten Mähnen, die immer wieder liebevoll
zur Seite gestrichen wurden, damit die Augen freilagen. Sue
machte vorsichtig einen Bogen um jedes Tier, um ja nicht zu
nahe an die noch ungezähmten Kraftbündel heranzukom-
men, während ihre Freundin sicheren Schrittes zum abge-
steckten Geviert vordrang, dem eigentlichen Vorführplatz.

An der Breitseite unter dem Vordach eines Wohnwagens
oder Würstelstands standen die Juroren, beobachteten die
vom Besitzer vorgeführten Pferde nach ihrer Gangart, sahen

ihnen in die Augen, prüften Schönheit des Gebisses und maßen die Höhe des Rückens. Die Pferde stampften aufgeregt, wenn sie genau vor den Juroren stehenbleiben sollten, ließen sich aber meist freiwillig die Mähne aus dem Gesicht streifen und dabei freundlich die Flanke tätscheln. Irene ging völlig auf in der Rolle des Erklärens, sie besah die etwas hölzerne Gangart, die Mattheit eines Felles, und dann, als ein besonders schönes Pferd hereingebracht wurde, dessen Hinterteil überproportional ins Auge stach, sagte sie in vollster Bewunderung: „Schau dir nur diesen Prachthintern an, ein richtig schöner Pferdearsch!"

Da spürte Sue sofort wieder die Enge ihrer Jeans, die sich zwischen die Arschbacken hineinzogen, in die Leisten schnitten und ihr die Luft zum Atmen nahmen. Plötzlich war alles nur eng, eng, eng, die Oberschenkel fühlten sich an wie zwei ausufernde Würste in einer zu engen Haut, in die sich die Seitennähte pressten. Sie blickte hinüber zu den Preisrichtern und sah sich wieder dort am Schnellimbiss, damals, als sie ihm davongelaufen war, nach jener Serie der Demütigungen, die darin gegipfelt hatte, dass er ihr eines Morgens – sie hatte ihn selbstverständlich in der Nacht davor nicht abgewiesen – zusah, wie sie sich in ihre zu eng gewordenen Jeans kämpfte und er ihr unfreundlich hinwarf, sie hätte ja langsam echt einen Hintern wie ein Pferd.

Weshalb war sie damals nicht gegangen, sie hatten ja noch keine Kinder? Zum Weinen war sie wohl zu stolz gewesen. An jenem Abend aber war sie nicht direkt nachhause gegangen, denn sie wollte sich erst beim Würstelstand trösten, mit einer scharfen, fetten Wurst und viel süß-saurem Senf und

Kren. Dort fiel auch niemandem ihr Pferdehintern auf, alle standen nur da, müde von einem Arbeitstag, und stopften irgendetwas in sich hinein, um genug Energie zu haben, nach der Arbeit ihre Wohnung oder ihr Haus zu betreten und die Lieben in den Arm zu nehmen. Abgehetzt waren sie alle, in sich gekehrt, mit ihren Gedanken schon auf den Rest des Tages konzentriert.

Der Mann, der sie damals angesprochen hatte, trug nichts zum Essen in der Hand, sondern zog aus der Innenseite seiner Jacke eine Visitenkarte, die er Sue überreichte mit den Worten: „Ich bitte Sie mir Modell zu stehen, Ihr Hintern ist einfach so schön! Bitte, bitte, morgen an dieser Adresse um siebzehn Uhr, zwanzig Schilling die Stunde, mehr kann ich nicht zahlen!" Sue, die mit vollem Mund dastand, ließ sich die Visitenkarte zwischen die Finger der Hand klemmen, in der sie den Pappteller mit dem Senf hielt, und wollte schlucken, um etwas zu entgegnen, aber der Mann hatte ihr bereits den Rücken zugekehrt.

Sue war dann wirklich hingegangen, hatte den Künstler aufgesucht, der ihren Hintern einfach so schön fand, der, daran konnte sie sich heute noch erinnern, ihren nackten Hintern vor sich hin drapiert hatte und nicht genug betonen konnte, dass er ein Hinterteil gefunden hatte von einer seltenen Schönheit, das einfach gemalt werden müsse.

Das ging eine Weile so, nach ihrer Arbeit. Stets drapierte sie der Künstler aufs Sorgfältigste und wiederholte, ihr Hintern sei einfach so schön, er müsse gemalt werden. Jedes Mal sprach er nur diese Worte, aber ihr Hintern schien sich unter ihnen zu straffen, fühlte sich warm, samtig und wohlig durchblutet an. Jedes Mal nahm sie die 20 Schilling und ging nachhause zu ihrem Mann, der diesen unschönen Vergleich mit dem Pferd angestellt hatte.

Irgendwann meinte der Künstler dann, sein Zyklus sei nun abgeschlossen, er brauche sie nicht länger. Sie konnte jetzt nicht mehr sagen, wie viel Zeit inzwischen vergangen war, sie wusste auch nicht mehr, wann sie das erste Mal von der Aufregung um die Ausstellung in München gehört hatte. Der Künstler hatte den Zyklus schlicht „Weiblichkeit" genannt. Die Aufregung war schlussendlich auch in ihre Heimat übergeschwappt: „Eine Herabwürdigung der Frau, eine Provokation für den Besucher". Interviews auf den Kulturseiten der Tageszeitungen, Abbildungen, damit sich die Leser ein Bild machen konnten vom Skandal der Demütigung der Frau im auslaufenden 20. Jahrhundert. Das Modell, das anscheinend gedemütigte, erniedrigte, gekaufte, war und blieb unbekannt.

Ortswechsel

Wieder einmal dachte Peggy Sue, sie müsse unbedingt ausziehen aus ihrem abgewohnten Haus oberhalb der Stadt. Einen Neuanfang wagen, mitten in der Stadt wohnen, regelmäßig im Café frühstücken, ganz spontan ohne Auto oder Öffis ins Kino gehen. Überall im Haus schwebte der Geist der Vergangenheit, alles schien ihr überlagert durch negative Erinnerungen, ihre ganze Ehe hatte sich hier festgesetzt. Das bange Warten, die quälende Stille, die Demütigungen, die Ohnmacht, die Wut.

Ein Neuanfang kann nur in einer neuen Umgebung passieren, dachte sie, diese hier ist für immer gänzlich versaut. Peggy Sue sah nur die Arbeit, die notwendigen Reparaturen, sie sah sich zu wenig Freiheit und zu viel Vergangenheit, zu wenige Möglichkeiten, zu viele Altlasten.

Wenn ich übersiedle, dachte sie, dann lasse ich alles hinter mir, zweimal übersiedeln ist wie einmal abgebrannt.

Will ich da wirklich wohnen?, fragte sie sich, als die Maklerin sie wieder durch eine Wohnung mitten in der Stadt führte. Wie soll ich Einladungen geben in dieser Umgebung, wo werden meine Kinder schlafen, wenn sie mit ihren Kindern zu Besuch kommen? Wo werde ich meine Freunde aus Übersee unterbringen?

Muss ich das wirklich machen?, fragte sie sich, meine Ersparnisse gehen drauf, ich verschulde mich noch einmal und ich wohne auf 70 m², nur um im Zentrum zu sein. Zum Walken immer zuerst einen Park suchen, zum Luftschnappen erst durch den Verkehr! Jede Wohnung, die ihr die Maklerin zeigte, war weniger schön und vor allem weniger großzügig als ihr Haus, dessen Grundriss Fred und sie damals gemeinsam verändert hatten.

Er hat absolut recht, dachte sie, als ihr Bruder, der Banker, sie auf ihre mühsame Suche ansprach und fragte: „Warum tust du dir das an? Veranschlage allein die Übersiedlungskosten und fahre stattdessen so viel Taxi, wie du willst, dann musst du nicht in der Stadt wohnen".

Wenn ich dableibe, sagte sie sich, dann kann ich alles so umgestalten, wie ich es gerne hätte.

Also fasste Peggy Sue den Entschluss zu einem Relaunch für ihr leicht abgewohntes Haus und bestellte einen Container für die Altlasten, nicht ohne Fred gleichzeitig davon zu verständigen. Wenn er noch irgendetwas aus dem Haus in seine schnuckige kleine Wohnung in der Stadt holen wolle, sei das jetzt oder nie.

Sie grub ihre *Feng Shui*-Bücher aus, kaufte die neuesten von Marie Kondo und durchschritt anschließend tagelang die Zimmer, versah Möbel mit grünen oder roten Klebeetiketten, sortierte aus und versuchte sich alles hell, licht- und sonnendurchflutet vorzustellen. Sie war entschlossen, sich das Haus nicht von den belastenden Erinnerungen vermiesen zu lassen. Sie hatte beschlossen, dass es ihr Haus werden musste!

Fred hatte, wie erwartet, nichts gewollt, aber auch nicht angeboten, ihr zu helfen mit dem, was er ihr an Altlasten hinterlassen hatte. Aber hatte sie denn etwas anderes erwartet?

Ihre Kinder, die sie zu Rate zog, wollten keine gebrauchten Möbel und waren, ebenfalls wie erwartet, wenig begeistert von den geplanten Veränderungen. Ihnen wäre wohl immer noch am liebsten, wenn sich nichts, gar nichts, im Leben ihrer Mutter verändern würde. Sue verzichtete darauf, sie um Hilfe zu bitten und vor ihnen jede geplante Veränderung zu rechtfertigen.

Die kräftigen jungen Männer der Entrümpelungsfirma begannen sofort einen regen Handel mit allem, was Fred und sie im Laufe der Jahre angesammelt hatten, noch während sie den Container beluden. Innerhalb von zwei Tagen sah es im Haus fast *feng-shui*-mäßig aus und die jungen Männer begannen in ihrer Freizeit mit dem Ausmalen. Plötzlich kehrten Musik und gute Laune zurück. Was diese englischen Farben von *Farrow & Ball,* die ihr Lilli empfohlen hatte, ausmachten, konnte sie erst mit der richtigen Beleuchtung genießen. Alles strahlte Ruhe und Freiheit aus. Freie Wände, freie Flächen, freie Aussicht, wie sie es sich immer gewünscht hatte. Weg waren sie, der Mief und die Altlasten, von denen sie gerade noch umgeben war.

Endlich konnten die Neugestaltung ihrer Umgebung und ihr neues Leben beginnen.

Hier sein. Da sein. Fort sein

Als Peggy Sue aufwachte, wusste sie nicht, wo sie war. Vorbei an den dicken Vorgängen drang gräuliches Licht in das Zimmer, und als sie aufstand und sie öffnete, sah sie weit unten vereinzelte Autos, die alle noch mit Licht fuhren. Ihre Armbanduhr zeigte 12:10, aber sie hatte ihre Uhr ja nicht umgestellt und war jetzt noch verwirrter, weil sie aus dem Grau draußen nicht schlau wurde.

Immer wieder, wenn sie von ihrem Dasein gelangweilt war, trat sie jetzt solche Reisen ins Ungewisse an, um an ihre jungen Jahre anzuknüpfen, als wäre dazwischen nichts gewesen. Immer wieder erwachte sie an einem ihr fremden Ort und fragte sich, weshalb sie ihre vertraute Umgebung verlassen hatte, weshalb sie sich das antat, hier in einem Hotelzimmer aufzuwachen, die *AC* auf 70° F eingestellt, das Fenster nicht öffnen zu können, keine Fußgänger in Sicht, deren Outfit ihr über die Außentemperatur Auskunft geben könnte.

Ihre Nase war trocken, und ob das Leitungswasser genießbar war, wusste sie nicht. Sie ließ die Vorhänge offen und kroch zurück ins überdimensionierte Bett in der Hoffnung, beim nächsten Aufwachen würde sie sich da, wo sie jetzt war, besser fühlen. Sie schlief schlecht, träumte von verlorengegangenen Koffern, Zoll- und Passkontrollen, bei denen sie im Kreis geschickt wurde, schließlich vor ihrem aufgeplatzten Koffer stand, ihre Sachen am Boden verstreut, und sich vor den Passagieren schämte, die einen Umweg machen mussten, wenn sie nicht auf ihre Sachen treten wollten.

Als sie wieder aufwachte, zeigt ihre Armbanduhr 3:29, draußen war immer noch alles grau, ihre Nase noch trockener, aber die Straße unten war belebter und das Display am Fernseher zeigte 8:29 AM, also hatte sie mindestens sechs Stunden geschlafen, nachdem ihr Anschluss von Dallas nach San Antonio wegen dieser für Europäer grässlichen *Immigration*-Prozedur und der Kofferkontrolle nicht geklappt hatte und sie dann wegen des heftigen Gewitters nicht hatten starten können – da hatte sie den Überblick verloren, wie viele Stunden sie schon unterwegs war.

Sie zog sich an und wollte sich ein Frühstück organisieren. Unten gab es nur Starbucks, das Marriott hatte keinen eigenen Frühstücksraum! Umständlich suchte sie sich ein Frühstück zusammen, alles in verschiedenen Plastik- oder Styroporbechern, und bis sie bezahlt hatte, fror sie unendlich, weil sie sich nicht mit einer Wolljacke gegen die allgegenwärtige Klimaanlage gewappnet hatte. Sie musste im Zimmer frühstücken, wenn sie nicht gleich eine Erkältung riskieren wollte.

Es war 10:15 AM, als sie in Turnschuhen und Trainingskleidung das Hotel verließ, um mit einem *Power-Walk* entlang des *River Walk* die Schwere in den Beinen und den Jetlag zu bekämpfen. Mehrere Asiatinnen schienen gerade ihre *Tai Chi*-Übungen zu beenden, die Lokale waren alle geschlossen und der *River* war nichts weiter als ein etwa ein Meter tiefer, betonierter Kanal, links und rechts von Hoteltürmen gesäumt. Die Luftfeuchtigkeit nahm ihr den Atem und die schwüle Hitze legte sich in kurzer Zeit um sie wie ein schwerer Pelzmantel. Bis zur nächsten Brücke wollte sie noch gehen und dann auf der anderen Seite zurück. Nach einer halben Stunde bemerkte sie, dass sie schon längst wieder beim Hotel hätte sein müssen. Es war ihr tatsächlich gelungen, sich entlang des *River* zu verirren.

In ihrer Walkinghose trug sie nichts als ein Papiertaschentuch und die *Keycard* zu ihrem Hotelzimmer mit sich. Sie hatte weder die Adresse des Hotels noch Geld für ein Taxi. Und sie fragte sich heute schon zum zweiten Mal, weshalb sie nur gerade hier sein wollte und nicht zuhause, wo die Luft frisch war und die Wärme sie nicht schwitzen ließ, da, wo ein *River* ein Fluss war, an dem man sich orientieren konnte.

Aber nein, hinsetzen und weinen war keine Option, schließlich hatte sie Erfahrung mit dem Reisen und kannte die Art von Heimweh, die immer dann auftauchte, wenn sie dem Fernweh nachgegeben hatte und der Jetlag zuschlug.

Kalte Füße

Ihre Freundin Irene fand immer noch, sie hätte genug Würze im Leben, solange sie sich sicher war, dass sie jederzeit einen Aufriss machen könnte, ihr genügten als Würze ein Blick, ein Augenzwinkern, eine Andeutung, schon strafften sich Bauch und Po, und ihr Gang begann dem von Marylin Monroe gefährlich ähnlich zu werden.

Für Nora genügte ein billiges Kompliment einer unqualifizierten Verkäuferin, schon bekamen ihre Lippen einen leicht sinnlichen Zug, und sie strich sich ihre Haarsträhne bedeutungsschwanger aus der Stirn. Bei Grete verhielt es sich wiederum anders, ein Anruf, ein neues Projekt, und sie fuhr sich mit der Zunge genüsslich über die Lippen, glaubte etwas Salziges zu schmecken und lehnte sich höchst zufrieden zurück.

Heidis Herz hing eindeutig am Reisen, am Abenteuer, doch unlängst hatte sie angekündigt, sie wolle sich einen Gefährten zulegen, einen, der sie dazu zwingen würde, sich anzuziehen und überhaupt vor die Türe zu gehen, aber auch einen, der Kater Leos Freiraum respektieren müsse. Dann würde sie nicht mehr regelmäßig die Nacht zum Tag machen müssen und sich in diversen Chats und Foren mit völlig Unbekannten austauschen und eventuell von ihnen beschimpfen lassen.

Ruth war schon völlig damit zufrieden, dass sie sich auf diversen Bahnfahrten oder im Café immer wieder neue Möglichkeiten eröffnete. Sie traf sich dann auch ab und an mit diesen neuen Möglichkeiten, lotete genüsslich aus, wie es wohl wäre, wenn, und spielte alles durch, im Geiste. In der Regel hielt sie das nur für wenige Wochen durch, dann hatten das Neue und die neuen Möglichkeiten ihren Reiz bereits verloren und sie blühte geradezu auf in ihrem Alleinsein und der Freiheit, die Tage und Nächte nach Lust und Laune zu verbringen.

Nur Peggy Sue ertappte sich dabei, dass ihre Lippen nicht nach Salz schmeckten, ihr Verkäuferinnen keine Komplimente machten, neue Projekte sie seit einiger Zeit anödeten, ihre Reiselust am Nullpunkt war und sie keinerlei Lust auf einen Hausgenossen verspürte, den sie regelmäßig ausführen musste. Nie lernte sie interessante Menschen auf Zugfahrten kennen, sie aß stattdessen immer lieber, immer öfter Wasabi-Nüsse vor dem Schlafengehen. Sie drehte zwei Nüsse gleichzeitig auf der Zunge, wartete, bis die Schärfe sich im ganzen Mund ausbreitete, biss dann genüsslich hinein, wartete, bis der Geschmack der Erdnüsse mit dem Wasabi-Gewürz verschmolz, die Schärfe langsam bis zur Nasenspitze hochkroch, und leckte sich dann mit der Zunge über die Lippen, um die letzten Krümel an Würze in sich aufzunehmen.

***

Das war vor einem Monat gewesen. Seitdem hatte Sue die Welt des Online-Datings neuerlich für sich erschlossen und bei der Gelegenheit versucht, sich ein neues Ich zu verpassen. Diesmal allerdings wollte sie sich und ihre Geschichte gänzlich neu erfinden. Ihr neues Ich würde einen neuen Namen, eine neue Herkunft, ein abenteuerlustiges, von allen Altlasten befreites, junges Image haben.

Je länger die Zugfahrt nun schon dauerte, umso mehr zweifelte Peggy Sue daran, dass die Sache gut gehen würde. Draußen vor dem Abteilfenster zog die alpine Landschaft vorbei, wie immer. Alles schien unverändert, gewohnt und vertraut. Schon am Bahnhof hatte ihr niemand mehr Beachtung geschenkt als üblich, überall die entsetzliche Muffigkeit, dieselbe Sprachlosigkeit, alles gleichförmig, alles so, wie es Sue nun schon seit Jahren gewohnt war.

Ihre Veränderung schien niemanden zu berühren, Peggy Sue hätte genauso gut alles beim Alten lassen können und würde jetzt nicht mit diesem mulmigen Gefühl im ICE Richtung Deutschland sitzen. Noch einmal ging sie alles durch. Gottseidank hatte sie wenigstens ihren alten Familiennamen behalten, nicht auszudenken, wenn sie sich für Audrey entschieden hätte. Audrey Sax an Stelle von Sue Taskin.

Sue Taskin, geboren in Toronto, Eltern deutsch und dänisch, mehr wusste sie nicht. Ihre Mutter hatte sie zur Adoption freigegeben. Die Taskins lebten in einer kleinen Stadt in Kanada. Während eines Austauschsemesters in Europa hatte Sue ihren geschiedenen Mann kennengelernt.

Audrey Sax hingegen war von vornherein eine Fehlgeburt gewesen, halb französisch, halb deutsch, also eine schwierige Geschichte. Sax war zu selbsterklärend. Einem Engländer müsste sie immer buchstabieren, immer ein Grinsen im Hintergrund spüren, weil der andere sicher gehört hätte „Audrey sucks" oder „Audrey Sex". Nein, nein, Taskin war da um einiges besser und bot ihr wesentlich mehr Entfaltungsmöglichkeiten, wie sie gleich nach ihrem ersten Log-in bemerkte. Sue hatte sich erst nicht viel dabei gedacht, doch jetzt war sie eine wiedergeborene Frau, *a Born Again Woman*, so wie die *Born Again Christians*, nur ohne Christus, denn ihre katholische Herkunft hatte sie als erstes abgelegt. Wer wollte schon mit Frauen zu tun haben, die mit ihrer katholischen Vergangenheit kämpften und ständig das Gefühl hatten, Gott schaue beim Sex zu. Nein, gottlos oder zumindest ohne Bekenntnis wollte sie auf jeden Fall sein, denn alle Religionen schienen ihr äußerst unpassend für Sue Taskins Vergangenheit. Jüdin war zu intellektuell, zu plakativ, Buddhistin hätte ihr zu viel an Lebenshaltung abverlangt. Protestantin schien ihr schon eher attraktiv, aber dann fiel ihr ein, jemand könnte auch dabei an eine puritanische Erziehung denken. Eine neue Religion auszusuchen, das schien ihr zu weit zu gehen, sie wusste nicht, ob sie das echt bringen konnte. *Could she live up to it?* Ja, sie wollte es versuchen, „gottlos" klang verpflichtungslos und eigenständig. Natürlich gab es für Sue Taskin auch keinen Kirchenchor, es gab überhaupt keinen Chor, denn da, wo sie herkam, legte man keinen Wert auf Chorgemeinschaft.

Jetzt näherte sich der ICE schon München, bald musste sie ihre Geschichte schlüssig beisammenhaben. Es sei denn, sie könnte Zeit kaufen durch Zuhören und gezieltes Nachfragen bei ihrer neuen Onlinebekanntschaft. Immer noch fehlten ihr die wichtigsten Stationen ihrer Kindheit, das hieß Sue Taskins Kindheit, und die Eckdaten ihres jetzigen Lebens. Das durfte doch nicht wahr sein, da hatte sie nun die einmalige Chance, sich neu zu erfinden, und bei jeder Idee stellte sich ihr ein anders Bild in den Weg. War „gottlos" zu hart für eine Mitteleuropäerin, waren nur Intellektuelle gottlos? Wollte Sue Taskin eine Intellektuelle sein? Wollte sie nicht immer bodenständig bleiben?

Sollte sie sich die Sache nicht besser noch einmal überlegen? Besaß sie wirklich genügend Fantasie, ihre Person sozusagen im Gespräch spontan umzudefinieren? Sie musste
am Bahnhof unbedingt noch ein Notizbüchlein kaufen, um
alle Eckdaten ihrer angenommenen Identität festzuhalten.
Die Vergangenheit neu schreiben? Wie viele Partner hatte sie
schon gehabt, wie hatten sie ausgesehen und weshalb hatten
sie sich getrennt? Wie viele Partner machten sie gerade richtig interessant, wie viele Trennungen aber zu einer haltlosen,
unbeständigen Person? Sollte sie einfach bei der Wahrheit
bleiben und zugeben, dass sie schon vierzehn Monate und
sechs Tage keinen Sexualpartner mehr gehabt hatte, weil sie
kalte Füße bekommen hatte, wirklich im letzten Moment?

Noch immer zeigten sich rote Flecken an ihrem Hals und
am Dekolleté, sobald sie nur daran dachte. An den Geruch,
die Hitze in ihrem Körper und eben die eiskalten Füße. Und
wer konnte schon mit eiskalten Füssen und einem heißen
Körper an Sex denken. Die Vorstellung, dass sie ihn mit ihren
eiswürfelkalten Zehen irrtümlich berühren könnte, hatte sie
gelähmt und die Kälte hochkriechen lassen bis in die Leiste,
genau wie jetzt, als der ICE in München Ost einfuhr. Mit
einem Schlag wurde ihr klar, dass sie den Mann nicht treffen
würde, aber eine kleine Shopping-Tour und eventuell der Besuch der Pinakothek doch tröstlich wären. Außerdem fand
sie ihren alten Namen Susanne jetzt gar nicht mehr so spie-
ßig, denn wenn sich schon neu erfinden, dann wollte sie sich
nicht mehr nur Peggy Sue sein.

Am Münchner Hauptbahnhof stieg sie aus.

Ich war doch ein guter Ehemann

Ober er ein guter Ehemann gewesen sei, hatte ausgerechnet sein bester Freund von Fred wissen wollen. Was für eine Frage, dachte Fred. Hat sich denn je einer dafür interessiert, ob sie eine gute Ehefrau war? Ich glaube, ich habe immer nur die zweite Geige gespielt in unserer Beziehung. Alles war wichtiger für sie als ich. Nicht nur einmal hat sie sich im Garten vergessen, mit den Blumen gesprochen und dann den Salat mit den Blumen aus „ihrem" Garten verfeinert, während mir schon lange der Magen knurrte. Und überhaupt, ihre Freundinnen, für die hatte sie immer Zeit genug, Zeit in Hülle und Fülle. Ich weiß beim besten Willen nicht, was man so lange am Telefon besprechen kann!

Hat sie einmal bei mir so einen Mitteilungsschwall entwickelt? Nein, natürlich nicht. Bin ich heimgekommen, hat sie grad und grad von mir Notiz genommen, als ob ich ein lästiges Insekt wäre. Aber kaum ging das Telefon – allein der Tonfall regt mich heute noch auf – war sie die Freundlichkeit in Person. Und wenn jemand an der Türe läutete, da war sie wie ausgewechselt, aber mit mir allein, da war sie nur müde. Zu müde zum Weggehen, zu müde für alles. Aber kaum kam Besuch, war sie animiert und blühte auf. Man hat da richtig zuschauen können. Wie soll ich mir da vorkommen bitte, wer bin ich hier, wofür bin ich da? Obwohl, ich muss schon sagen, bis wir verheiratet waren und das Haus mit dem Garten und den Kindern hatten, war sie schon ok, die Susi. Aber dann, da war dann wohl die Luft raus – und ihre Figur auch nicht mehr das, was sie einmal war.

Ich bin mir gar nicht sicher, ob es mit den Kindern angefangen hat, sie hat ja schon den Beruf so wichtig genommen, der kam immer zuerst. Da eine Deadline, dort eine Besprechung. Ich fühlte mich oft, als ob ich nur eine lästige Wanze wäre, die auch noch was von ihr will. Die Kinder waren sowieso wichtiger als ich, das hat schon damit angefangen, dass sie, sobald sie schwanger war, nichts anderes mehr interessierte, echt gar nichts. Aber das geht uns Männern anscheinend allen so, wenn das Brutverhalten losgeht.

Ja, und überhaupt konnte sie nie eine klare Antwort geben, wenn wir reisten, das war nervenaufreibend. Sie ließ mich buchstäblich alle Entscheidungen fällen, doch dann war es entweder zu heiß, zu kalt, zu zugig, zu laut, weil sie lieber in das andere Lokal gegangen wäre. Ich muss ehrlich sagen, das fehlt mir keinen Tag, wirklich nicht!

Ob ich glaube, dass ich ein guter Ehemann war, ist eine überflüssige Frage. Da hätte ich ja ein Heiliger sein müssen! Na ja, meine Bemerkungen über ihren Hintern, hätte ich mir die verbeißen sollen? Aber wo ich Recht habe, habe ich Recht! Das hättet ihr erleben sollen, als ich ihr erklärte, dass ich ausziehe, einfach so, nur mit meinen Büchern und dem Computer. Ja, das Haus war sowieso nur Arbeit und sie wollte dauernd irgendwelche Verbesserungen, nach Feng Shui oder was immer. Jetzt hat sie Feng Shui den ganzen Tag.

Gewundert habe ich mich schon über ihre Reaktion, ich hatte mir natürlich erwartet, dass sie mich mehr oder weniger händeringend zum Bleiben überreden würde, aber sie, sie *war die Ruhe selbst! Nein, kein Jammern und kein Klagen, die Kinder waren ja schon aus dem Haus. Und dann höre ich von meinen Freunden: „Deiner Ex scheint es ja gut zu gehen, sie sieht blendend aus und ist total unternehmungslustig." War kaum zu glauben, ich dachte, die wollen mich pflanzen.*

Irgendwann ruft sie mich an, sie wolle das Haus entrümpeln (steckt sicher eine Feng Shui-Freundin dahinter). Jedenfalls sagt sie, wenn ich noch was will, muss ich es jetzt holen, oder es ist weg. Ich habe dann extra nichts geholt, hatte ja die kleine Dachwohnung, in der gerade einmal meine Bücher Platz hatten, was soll ich hier mit meinen alten Sachen? Das Entrümpeln hat sie sicher perfekt organisiert, so wie ich sie kenne, Freundinnen, Flohmarkt und so. Ein Netzwerk hatte sie schon immer, so viel, wie sie am Telefon hängt!

Ich habe gehört, dass sie einen Partner sucht, aber dem wünsche ich viel Glück, das muss einer sein wie bei der Widerspenstigen Zähmung, ein Petruccio halt. Er muss zäh sein, sich durchsetzen, um seinen Platz kämpfen, weil das einer erst mal aushalten muss, der ewige Zweite zu sein. Meine neue Freundin, die ist jetzt ganz anders. Die weiß, was sie will und was sie nicht will, aber meistens will sie sowieso das Gleiche wie ich.

It Takes Two to Tango

Peggy Sue lag bäuchlings am Steg. Sie konnte zwischen den Brettern auf das Wasser sehen. Den nassen Badeanzug hatte sie ausgezogen und durch ihren trockenen Bikini ersetzt. Die Bretter waren warm von der Sonne, die ihr auf den Rücken schien. Gegen Abend, wenn man nicht und nicht aufbrechen wollte, ganz versessen war darauf, die letzten Sonnenstrahlen zu genießen, fand sie es am schönsten zum Träumen. Sie glaubte wieder zu tanzen, über das Parkett zu gleiten im Gleichklang.

Fred hatte ihr damals so imponiert. Der intellektuelle Fred, mit seiner Brille, den kurzsichtigen, leicht wässrigen Augen und dem tiefgründigen Blick, war ein toller Tänzer. Sie war fasziniert von seinen feingliedrigen Händen, wenn er ihr eine Haarsträhne aus dem Gesicht strich, sie festhielt. Wie geborgen sie sich anfänglich gefühlt hatte, geradezu aufgehoben, an seiner Seite.

Sie hatte lachen müssen, wie er da, mit verwegen vorgerecktem Kinn und der Rose zwischen den Zähnen, auf sie zukam und mit ihr tanzen wollte. Sie im Tanz mit ihm, im völligen Gleichklang, seine perfekte Partnerin, oder doch nur ein Wesen, zu formen nach seinem Willen? Gegen Ende des Tangos klammerte sich ihre rechte Hand nur noch an ihm fest und ihr Daumen bohrte sich verzweifelt in seinen Rücken, weil sie solche Angst hatte. Sie hatte befürchtet, er könnte sie nicht länger halten, weil er sie so weit nach hinten beugte. Damals, genau damals, das wusste sie jetzt, hätte sie sich einfach umdrehen und weggehen sollen.

Aber sie, sie hatte ihn nur um Rücksicht gebeten, nachdem er sie mit einem einzigen Ruck hochgerissen hatte. Sie hatte es weggesteckt, gedacht, es sei vielleicht nur sein Überschwang. Sie hatte es überhören wollen, als er ihr vorwarf, sie sei steif wie ein Besenstiel. Sie hätte es bemerken können, denn damals, beim Tango, war schon alles zu sehen gewesen. Stattdessen war sie wie in einem Nebel, fasziniert von dem Bild, das sie sich von ihm und sich gemacht hatte, im Tanz mit ihm verharrend über Jahre.

Wunder, in Prozenten gerechnet

Als Peggy Sue jung war, galt eine Frau über 24 praktisch schon als unvermittelbar. Böse Zungen behaupteten, sie hätte eher die Chance, von einem Laster überfahren zu werden als noch einen passenden Mann zu finden. Klar, das waren die Untersuchungen aus Amerika, wo man gerne sein *College Sweetheart* heiratete und möglichst bald alles in trockenen Tüchern hatte. College, Job, Ehe, Haus und Kredit.

Aber war es hier so viel anders gewesen? Peggy Sue erinnert sich, unter dem Titel *Too Late for Prince Charming?* in der Zeitschrift Newsweek gelesen zu haben, 30jährige weiße Frauen hätten nur noch eine 20prozentige Chance und mit 40 sinke diese auf 2,6 Prozent. Zwar war sexuelle Freiheit auch in diesem Alter kein Laster mehr, aber es hieß, 40jährige hätten eher die Chance, von einem Terroristen getötet zu werden, als noch einen festen Partner zu finden, oder besser gesagt, einen einzufangen.

Wenn Peggy Sue über die Terroranschläge in ihrer Gegend nachdachte, wurde sie immer mutloser, denn sie wusste, ihre Chancen lagen sowieso längst unter 2,6 Prozent, wenn sie nicht an ein Wunder glauben wollte. Schließlich war es nicht ihr erster Anlauf und sie war auch deutlich über vierzig. Und dann passierte es doch, das Wunder. Es geschah in einem Herbst. Nicht bei einem Terroranschlag, auch nicht auf einer Online-Plattform, sondern bei einer Hochzeit, wo sie auf einen etwas jüngeren, interessanten Mann traf.

Peggy Sue war hin und weg, er war so sportlich für sein Alter, er war attraktiv, kulturaffin, aktiv, gebildet, gutsituiert, und das Beste: Er war frei und an ihr interessiert. Also legte sie sich ins Zeug, tanzte wie eine Junge, interessierte sich für seine Sportarten und sein Leben, seinen Beruf und seine erwachsenen Kinder. Dabei übertrieb sie ihre eigene Sportlichkeit nur leicht und bemerkte kaum, dass er von ihr nicht ganz so viel wissen wollte, wo doch insgesamt die Chemie stimmte.

Zufällig waren sie im selben Hotel untergebracht und Peggy Sue fand, in ihrem Alter müsse man sich nicht mehr zieren. Schon zum Frühstück traten sie gemeinsam auf, und als sie die restliche Hochzeitsgesellschaft verließen, waren sie sich einig. Eine offene, also eine Wochenendbeziehung, sei gerade recht, zwei Stunden Distanz wären leicht zu bewältigen, wenn man sich für die Wochenenden abwechselte. So könnten sie beide ihre Wohnungen, ihre Freunde, ihr bisheriges Leben behalten. Ideal! Was für eine Chance besonders für Peggy Sue, die schließlich die Statistiken im Hinterkopf hatte. Ihre Chancen, hatten ehrlich gesagt weit unter 2,6 Prozent gelegen. Da war er, der stolze Ritter, der sie zu sich in den Sattel hochheben und mit ihr davonreiten wollte. Da konnte sie doch nicht lange zögern, so eine Chance würde so schnell nicht wiederkommen.

Peggy Sues Freundinnen waren hin- und hergerissen. Auch sie kannten die Statistiken nur zu gut, dennoch waren sie deutlich skeptischer. War er wirklich der Passende für Peggy Sue, wann würden sie ihn sehen, wann ihr OK geben können? Schließlich einigten sie sich, dass sie ihr das Glück schon gönnen müssten, obwohl sie beträchtliche Sorgen, ja Verlustängste empfanden. Alle hatten es sich so gut eingerichtet, so viel gemeinsam unternommen, dasselbe Schicksal der minus 2,6 Prozent geteilt, und nun war alles aus dem Lot.

Am schlimmsten traf es Regina, die sofort bemerkte, wie sehr sie sich auf Peggy Sue verlassen hatte, was die Freizeitgestaltung betraf. Regina hatte das Gefühl, sie müsse sich völlig umorientieren. Sie sprach insgeheim sogar von einer Katastrophe, wenn Peggy Sue sich in Zukunft nach ihrem neuen Mann ausrichten würde, und derzeit sah es ganz danach aus. Da konnte sie niemand trösten, sie fühlte sich noch mehr allein als sonst und fiel in eine frühe Winterdepression.

Wann sie *ihn* denn kennenlernen könnten, wollten die Freundinnen wissen. Inzwischen war Sue schon mit *ihm* in der Stadt gesichtet worden, stolz, eingehängt beim Einkauf. Rosanna hatte die beiden beim Biken, dann beim Langlaufen gesehen und Irmi beim Schifahren, aber eine Einladung zu einem Treffen mit den Freundinnen blieb aus. Das sei nur zu verständlich, meinten Lilli und Rita, es würde langsam vor sich gehen, sie durften sich nicht zu viel erwarten, die Freundinnen. Sie hätten Verständnis, denn man würde sich ja selbst auch nicht wünschen, zu einem Ausstellungsstück zu werden, und das wäre *er* wohl in ihrer Mitte. Wenn sie Peggy Sue allein trafen, was natürlich nur mehr selten der Fall war, wirkte sie immer gut drauf, bewegte sich sportlicher, hatte es eiliger als sonst und überhaupt schien sie viel öfter bei *ihm* zu sein als *er* bei ihr. Aber so war es halt mit dem jungen Glück. Nur keinen Neid aufkommen lassen!

Dann, nach nur einem guten halben Jahr, der Knall: Peggy Sue hatte sich getrennt. Die Freundinnen versammelten sich um sie, wussten natürlich nichts Genaues, aber sie waren besorgt, was aus dem Wunder geworden war. Peggy Sue erzählte, er habe es bald zu unbequem gefunden, ständig, also jedes zweite Wochenende, zu ihr zu kommen. Er habe schließlich sein Fitness-Studio und seine Sportarten, die er nach seinen Vorstellungen ausleben wolle. Um sechs Uhr früh habe er an den gemeinsamen Wochenenden aufbrechen wollen, mit Sport in den Tag starten, damit man mehr von ihm habe. Die gemütlichen Frühstücke habe er bald aufgegeben, zu ungeduldig sei er gewesen, daheim habe er es fast nicht ausgehalten. Sie sei zu langsam gewesen mit ihrem Bike, sie hätte auf ein E-Bike umsteigen, eine bessere Schiausrüstung anschaffen und auch noch ihre Frisur und ihren Kleidungsstil ändern sollen.

Ja, und der Sex, fragten die Freundinnen ganz nebenbei. Peggy Sue überlegte, bis sie zugab, sie habe sich getrennt, weil sie nicht ständig pendeln, sich ändern, anpassen und ihm dann noch hinterherhecheln wollte. Das bisschen Sex oder Kuscheln könne da auch nicht wirklich trösten! Das sollten die Freundinnen ihr ruhig glauben!

Wie er reagiert habe, wollten alle wissen. – Ganz perplex sei er gewesen, er hätte sie doch so verwöhnt und sei ein so guter Koch und sonst habe es doch auch gestimmt!

Als Peggy Sue am nächsten Wochenende bei Regina anrief, hatte die schon etwas vor und auch den Sommerurlaub schon geplant. Es würde wohl etwas dauern, bis sich die Dinge wieder einpendeln nach so einem Wunder.

Tabula Rasa oder Peggy Sue Goes West

Peggy Sue war immer noch überrascht, wie leicht das mit dem *House Swap* über die Internetplattform gegangen war. Ein Universitätsprofessor aus Connecticut hatte sich gemeldet und ihr sein Haus am See angeboten, im Tausch gegen ihr leicht abgewohntes Domizil oberhalb der Stadt.

Es war ein Haus, dessen Architektur so kühn war, dass sie sich nicht vorstellen konnte, man könnte dafür zuhause je eine Genehmigung bekommen. „Ihr" Schlafzimmer ragte wie ein Schiffsbug in den See hinein, und sie erwachte jeden Morgen mit dem Gefühl, sich kopfüber ins Abenteuer oder zumindest in den See stürzen zu müssen. Im Parterre war sie hin- und hergerissen zwischen dem Naturschauspiel draußen und den technischen Raffinessen, mit denen das Haus sie selbst noch in der zweiten Woche überraschen konnte. Ihr Liebling war aber der schier bodenlose Kühlschrank mit der Eismaschine.

Der Professor hatte sich noch entschuldigt, er stelle ihr nur den *Urban Cruiser*, aber nicht den Sportwagen zu Verfügung. Was war das für ein Gefühl, in einem *Cruiser* die Gegend zu erkunden! Hier in Connecticut schien alles leichter und besser zu gehen, die Menschen beim Einkaufen waren alle so freundlich, fragten sie immer, wie es ihr ginge, trugen ihre Tüten zum Auto, halfen ihr beim Einpacken und wünschten ihr dann noch einen wunderschönen Tag.

Der Professor, der sich derweil in ihrem Haus über ihrer Heimatstadt aufhielt, tat ihr fast ein bisschen leid. Sie fürchtete für ihn, wie er sich in ihrem Mittelklassewagen den Berg hinunter schlängeln würde, wie er wohl ohne Eismaschine zurechtkäme und überhaupt: Was würde er sich denken, wenn er sich mit dem österreichischen Verkaufspersonal herumschlagen musste! Am meisten Angst hatte sie um ihn, wenn sie an die heimische Autobahn dachte. Sie war sich fast sicher, der Arme würde tausend Tode sterben bei dem Gedränge.

Schon bei ihren ersten Einkaufstouren hatte sie bemerkt, wie leicht es eigentlich war, sich neu zu erfinden. Sie experimentierte mit der Kleidung und trug Dinge aus *Vintage Shops*, mit denen sie sich zuhause niemals hätte sehen lassen. Die Wirkung, die sie erzielte, war phänomenal. Ständig in Kontakt, ständig Einladungen auf einen Kaffee, auf einen Drink. Selbst das Flirten fiel ihr sonderbar leicht. Dabei bemerkte sie, dass sie den Menschen immer wieder andere neue Dinge über sich selbst erzählte. Einmal war sie eine Gastprofessorin, einmal eine Schriftstellerin, einmal geschieden mit Kindern, einmal ohne, einmal Witwe, einmal tragische Witwe und ein andermal *New Age*-Heilerin ohne festen Wohnsitz. Sie konnte nicht genug davon bekommen. Speziell als Pastorin feierte sie große Erfolge, und an einem pastoralen Abend nahm sie auch ihren ersten Mann mit nachhause in das Schlafzimmer, das über dem See schwebte. Auch in der Erotik war einiges einfacher als zuhause. Sue musste nichts tun, um das, was sie Russisches Roulette nannte, zu umschiffen, denn ein Kondom war gleich bei der

Hand, da es sich ja noch nicht *God forbid!* um eine *steady relationship* handelte und man sich noch nicht gegenseitig die Aids-Unbedenklichkeitszertifikate ausgehändigt hatte. Da war das Kondom sozusagen ganz natürlich, ebenso wie ein kurzer, für Sue leicht abtörnender, Austausch, wie man „es" denn gerne machen wollte. Aber dann genügte allein der Gedanke an das Abenteuer an sich, um Sue in die richtige Richtung zu lenken, auch wenn das Ganze sprachlich nicht ganz so ablief wie bei *Sex and the City*.

Als es ihr irgendwann nicht mehr länger möglich war, ihre *One Night Stands* richtig auseinander zu halten, und als sie das Gefühl beschlich, sie sei in der Gegend kein unbeschriebenes Blatt mehr, zog sie die Bettlaken ab, wusch sie bei erschreckend niedrigen Temperaturen, wartete, bis der Trockener seine letzten Runden gedreht hatte, und schloss das Haus des Professors ab, nicht ohne ihm vorher eine Mail geschickt zu haben, wie sehr sie doch den Aufenthalt in seinem Haus mit dem Schlafzimmer über dem See genossen hatte.

Sie war eine andere geworden, war nicht mehr die zaghafte, selbstkontrollierte Europäerin, sie hatte sich herangetastet an das Vor-Fred-Zeitalter, von dem sie sich im Verlauf ihrer Ehe so weit entfernt hatte.

Smartes Leben

Neulich blieb Sue nichts anderes übrig, als am Flughafen eine Flasche Wasser zu kaufen. Bis dahin war ihr ja gar nicht bewusst, dass es auch beim Kauf einer einfachen Flasche Wasser *smart choices* gab. So griff sie nach einer Plastikflasche *Glaceau Smart Water*. Im Flugzeug fand sie dann heraus, dass die Flasche *vapur distilled wate*r enthielt, mit *electrolytes for taste* angereichert war, dafür aber *zero calories* hatte. Das Wasser versprach ihr „Reinheit, die du schmecken, und Befeuchtung, die du fühlen kannst". Damit hatte sie wohl einen Volltreffer gelandet. Denn sie las, dass Wolken eigentlich zu Unrecht einen schlechten Ruf genössen, wo sie doch die „unbesungenen Heldinnen und der Natur reinste Quelle des Wassers" seien. Das reine *vapur destilled smart water* kopiere die Wolken – und legte noch eins drauf, indem es Elektrolyte hinzufügte. Drum könne sie den Unterschied auch schmecken, erklärte man ihr in der Beschreibung, außer sie möge den Geschmack von dem Zeug, das von unten kommt, dem sogenannten Quellwasser.

Die den Wolken abgeschaute Wasserkopie enthielt Calciumchlorid, Potassumbicarbonat und andere Elektrolyte, die für den Geschmack hinzugefügt wurden. Es wurde in New York für *Glaceau* hergestellt und hatte keinen signifikanten Anteil an Fett-Kalorien, keine gesättigten Fettsäuren, keine Trans-Fette und keine ... ach Gott. Peggy Sue wunderte sich, denn seit wann genau hatte Wasser eine Zutatenbeschreibung, ärger als die eines Muesli-Riegels?

Natürlich musste Sue neuerdings viele *smart choices* treffen. Ihr Geschirrspüler verfügte über ein *smart intensive*-Programm, das anscheinend keiner näheren Beschreibung bedurfte, beziehungsweise als einziges Programm kein *Icon* wie eine Pfanne, doppelte Pfanne oder dergleichen zeigte. Freilich hatte sie keine Ahnung, was an dem Programm so *smart* war, aber es lief bei 45° und dauerte weniger lang als die anderen.

Dass auch Sue längst auf ein *Smartphone* umgestellt hatte, war klar. Sie wusste auch, was daran *smart* war, nämlich was sie am Telefonieren hinderte. Dass es aber eine *Smart City* wie Graz oder Wien gibt, erstaunte sie. Das war schon rätselhaft, sollte aber heißen, sie seien energieeffizient. Fast alle Haushalte haben dort *smarte* Wasserzähler und wissen etwas über den Energieverbrauch ihres neuen *Smart-TVs*. Auch Sue wusste, dass ihr neuer *Smart-TV* viele Programme hatte, die sie auf der Fernbedienung in eine *smarte* Reihenfolge bringen könnte, aber dafür war sie leider nicht *smart* genug, was daran lag, dass die Programmierung durch die *Smart Kids* der ihr nachfolgenden Generation erfolgte. Ihr Wohnen war auch *smarter* geworden, seit sie sich mehr auf *smart living* konzentrierte und mehr *smart choices* traf. Sie wollte auch gerne für den Balkon eine *smarte* Bewässrungsanlage anschaffen, damit sie nicht dauernd Kontakt mit ihrer Nachbarin aufnehmen musste, wenn sie wieder auf Reisen ging.

Dass sie ihre letzten Schuhe als *smart footwear* gekauft hatte, verstand sich von selbst, auch wenn ihr die deutschen Wörter dafür fehlten, was daran so *smart* wäre. Hingegen war ihr klar, was *smart choice food* bedeutete, wegen der schönen Bilder im Beipack. Mit dem *smart link* zwischen ihrem Handy und dem Auto hatte sie allerdings so ihre Probleme, weil sie natürlich nicht alle *Icons* verstand und nicht immer die *smarte* Wahl traf. Eines der Probleme lag darin, dass es ja gar keine Beschreibungen mehr gab, sondern dass sie für ihr *smart viewing* am *Smart-TV* eine App downloaden musste, die weitgehend selbsterklärend sein sollte. Wenn man eben *smart* genug war.

Ihre Geldtasche war jetzt auch ein *smart wallet,* denn es schützte sie vor unbefugtem Ablesen all ihrer *smart cards,* früher Chip-Karten genannt, die sie darin herumtrug. Immerhin gab es auch eine *smart card reader technology,* womit im Gegenzug ein paar Gauner mithilfe von *smart cookies* etwas erfunden hatten, um mit einer noch *smarteren* Technologie Daten aus ihrer Handtasche zu lesen. Ihre neue *smart watch* machte Sue allerdings etwas nervös, weil diese nicht nur Puls und Blutdruck maß, sondern auch die Schritte zählte und Rückschlüsse auf andere Lebensbereiche zuließ. Die Übertragung der Daten konnte auch auf ihr *Smartphone* erfolgen, auf dem dann jeder, der *smart* genug war, ihr Telefon zu bedienen, ablesen konnte, wann und wie lange ihr letzter Sex gedauert hatte, außer sie täuschte ihn mit dem Hometrainer und einem entsprechenden Programm vor.

Natürlich hätte sie ihr Handy mit einem Code schützen können. Schließlich ließ sie auch ihre Haustüre nicht offen, damit jede/r hereinspazieren konnte. Aber bei den ganzen *smart choices,* die ihr tagtäglich angeboten wurden, drückte sie ab und an auf den falschen Knopf, wischte in die falsche

Richtung oder verlor irgendetwas am Telefon, und dann musste sie ihre *Smart Kids* fragen, wie das Problem zu lösen sei, und schon konnten sie die Daten vom der *Smart Watch* lesen und fragten unschuldig, was denn da los war letzten Samstagabend?

Das Buch *Smart Choices,* das sie sich bei Amazon bestellt hatte, verkündete ihr übrigens: „Es ist einfach, Entscheidungen zu treffen – nur sind es nicht immer die richtigen!" Ein Lösungsansatz war jetzt, das Armband zeitweise abzulegen, aber dann kam wieder die Schritte-Zählung durcheinander. Immerhin ging es Sue besser als ihrer Freundin Nora, die einen Tesla fuhr, mit dem ihr *Smart Husband* sie auf seinem Handy jederzeit orten konnte.

Der Mieter

Einliegerapartment in Villa mit Gartennutzung, Gartenarbeit erwünscht, € 420, Tel. …

Das schien genau richtig für mich, hatte ich doch gerade mein Biologiestudium in der Landeshauptstadt begonnen. Meine Freunde hielten mich für verrückt; „Das ist sicher ein altes Ehepaar, die wollen einen Ersatzenkel." „Spinnst du, da hinauf, dafür melden sich nur Wahnsinnige." „Wie willst du denn da oben dein Studentenleben genießen?" „Hast du gefragt, ob du auch Schnee schaufeln musst?"

Die Stimme der Vermieterin klang freundlich, ja, sie sei zuhause, ich könne sofort kommen. Ein traumhafter, eher naturbelassener Garten, Sträucher, Beeren, Obstbäume, keine Thujen-Hecke und sonstige Ungeheuerlichkeiten, soweit ich sehen konnte. Als ich anklopfte, war sie am Telefon und bedeutete mir, ich solle weitergehen ins Wohnzimmer, sie sei gleich fertig. Sie redete Englisch in den Hörer, es schien um einen Besuch oder einen Hausverkauf zu gehen. Sie ließ mich allein und ich ging zu dem riesigen Fenster mit Blick auf den Garten. Keine Pflanzen am Fenstersims, nur ein paar Steine und eine Vase mit Tulpen. Ein Lehnstuhl, ganz modern, mintfarben, ein dunkles Mint, daneben einer dieser Designerbeistelltische, ein aufgeschlagenes Buch kopfüber, englisch. Eine Wand, eine ganze Wand voller Bücher, davor am Boden Bücher, die wohl auf einen Platz im Regal warteten. Ein Esstisch, Design Siebzigerjahre, Stühle mit geflochtenem Sitz. An einem Tischende noch mehr Bücherstapel. Wenn sie das alles las, konnte sie keine Zeit für den Garten haben! Zwei Ledercouchen, zwei Lederhocker und moderne Bilder, große Bilder. Am gläsernen Couchtisch ein Buch, wieder bäuchlings aufgeschlagen. Helle Farben und ein moderner Teppich. Ich blieb am Fenster stehen und studierte den Garten. Auch von hier keine Thujen zu sehen, bald würde man – vielleicht ich – zum ersten Mal mähen müssen. Es war ein großer Garten und ich konnte nur hoffen, dass sie einen guten Rasenmäher besaß, vielleicht sogar einen zum Draufsitzen.

Sie telefonierte immer noch und ich wusste nicht, wo ich mich hinsetzen sollte. Der Platz am Fenster war zu privat, die Couch schien mir unpassend für ein Interview mit meiner zukünftigen Vermieterin. Also setzte ich mich an das freie Ende des Esstisches, mit dem Rücken zum Bücherregal. Noch hatte ich keinen der Buchtitel studiert, es schien mir zu intim.

Sie beendete das Telefongespräch mit einem energischen Lester, I really got to go now! *Als sie hereinkam, blieb sie stehen, stellte sich als Susanne vor und sprach mich mit Sie an. Also würde ich wohl Frau Susanne zu ihr sagen. Sie schlug gleich vor, mir den Garten und meine zukünftige Bleibe zu zeigen.*

Mein Reich im Untergeschoß war offensichtlich für Großeltern gedacht gewesen. Das Zimmer lag direkt unter dem Wohnzimmer, es hatte ebenfalls ein schönes, großes Fenster, da könnte ich meinen Schreibtisch aufstellen. Ein Schreibplatz mit Blick in „meinen" Garten und eine Türe direkt hinaus! Eine Pergola nur für mich, alte Gartenmöbel aus Holz – wenn ich

die streichen dürfte! Eine kleine Küche, nur eine Küchenzeile,
ein Bad mit potthässlichen Kacheln, moosgrün, glänzend mit
Muster. Dusche mit Duschvorhang, ein kackbraunes Wasch-
becken, naja.
  Frau Susanne meinte, ich könne die Waschmaschine im
Keller mitbenützen. Sie hatte mich immer noch nichts gefragt.
Wartete sie darauf, dass ich sie interviewe, ob ich es mir mit
ihr vorstellen könne?

  Mittlerweile ist schon fast Sommer, aber ich weiß immer
noch nicht viel mehr über sie, außer dass sie viel liest und viel
telefoniert. Manchmal geht sie dabei im Garten auf und ab. Ich
höre an ihrem Tonfall, ob es geschäftlich ist oder privat. Privat
lacht sie und gestikuliert, sie lacht oft so laut, dass sie kaum
weiterreden kann. Gäste hat sie oft, manchmal viele, auch ihre
Familie war schon da. Alle total nett, waren gleich per du mit
mir. Der Sohn, ich denke jedenfalls, es ist der Sohn, meinte:
„Gut, dass du da bist. Sie in dem großen Haus da heroben al-
lein, das ist nicht gut, weißt du!" Das schien mir ein bisschen
übertrieben, aber was weiß denn ich, außer dass sie ein VW
Golf Cabrio fährt – bei unserem Klima! – und mehrere Bücher
gleichzeitig liest.
  Ich habe es mir inzwischen gemütlich eingerichtet, schaue
beim Lernen den Vögeln zu. Ich habe schon dreimal Rasen
gemäht, kein kleiner Traktor zum Sitzen, aber immerhin ein
elektrischer Mäher mit einem Sack hinten. Den Kompost-
haufen durfte ich umgestalten – kein Küchenabfall mehr im
Graskompost. Die Laube pflege ich auch, die Reben an mei-
ner Pergola habe ich fachgerecht geschnitten. Gemüsebeet

gibt es keines, aber ich lasse auf dem Kompost Kürbisse und Zucchini wachsen, ja, und Pflückspinat. Frau Susanne beachtet das nicht weiter, jedenfalls äußert sie sich nicht dazu.

Jetzt ist sie seit fast einer Woche weg, auf der Leipziger Buchmesse, hat sie gesagt. Ich solle doch bitte die Post hereinnehmen, sie gebe mir einen Schlüssel zu ihren Räumen für alle Fälle. Ich habe schon fast sechs Tage durchgehalten, ohne mich im Haus umzusehen. Sie könnte ja bemerken, dass ich da oben herumspaziert bin. Ich wollte heute gerade hinaufgehen, als ich eine Frauenstimme im Garten höre: „Sue, bist du da, ich bin es, Nora!" Ich beschließe hinauszugehen.

Ich: „Sie suchen Frau Susanne, meine Vermieterin?" Frau Nora: „Ja, also für uns die Sue und für Sie die Susanne. Sie meldet sich nicht am Telefon und war gestern nicht bei unserem Mahjong-Abend." Ich: „Ja, sie ist eine Woche weg, auf der Leipziger Buchmesse, hat sie es Ihnen nicht gesagt?" Frau Nora: „Ja, natürlich, aber wieso haben wir das alle vergessen, wieso nimmt sie das Telefon nicht ab und meldet sich auch nicht?"

Inzwischen hat sich die Frau Nora schon in meiner Laube niedergelassen. Muss ich ihr jetzt vielleicht noch einen Kaffee anbieten, oder was? Frau Nora: „Sie ist ja sonst immer online, schickt Bilder, hat sie wirklich nichts gesagt?" Ich: „Nein, nur dass sie eine Woche weg ist, auf der Buchmesse, ich kann Ihnen auch nicht helfen." Frau Nora: „Ich weiß, sie mag es nicht, wann man im Verlag anruft, aber wir Freundinnen machen uns eben Sorgen!" Ich: „Ja … " Da schaut sie mich ganz besorgt an und sagt in einem verschwörerischen Ton ganz leise: „Wissen Sie, manchmal, da lässt sich unsere Sue auf irgendwelche

Abenteuer ein, drum sind unsere Sorgen wirklich berechtigt. Besser, Sie wissen nichts davon, junger Mann." Ich murmle etwas Unverständliches, soll ich jetzt fragen, was für Abenteuer? Frau Susanne wird schon ihre Gründe haben, bei so neugierigen Freundinnen, aber ich sage nur: „Sie wird sich sicher bald melden, Sie wissen ja, diese Messen, viel Arbeit, wenig Schlaf und nervöse Autor*innen." Frau Nora: „Die treibt sicher wieder etwas Unvernünftiges, wir kennen sie, ich werde nochmal alle Freundinnen durchtelefonieren!"

Als sie weg ist, werfe ich endlich alle Skrupel über Bord und sehe mich im oberen Stock um. Ich könnte ja sagen, ich hätte etwas Verdächtiges gehört und nachsehen müssen. Nichts Interessantes bis auf das tolle Arbeitszimmer, ein Arbeitsplatz mit Blick über die Stadt, ein großer Bildschirm und im Bücherregal ein ganzes Fach voller Reiseführer. Ein Lanzarote-Führer liegt neben der Couch, aufgeschlagen bei den Restaurant-Empfehlungen. An der Wand ein riesiger Wandkalender mit Deadlines, für diese Woche ein Strich und dann für das Wochenende eine geschwungene Klammer mit einem großen L daneben. Lester? Lanzarote? Muss ich mir jetzt Sorgen machen?

Maria Kandolf-Kühne
ist studierte Historikerin und Anglistin. Als gebürtige Vorarlbergerin lebt sie seit 45 Jahren in Tirol im Raum Innsbruck. Zusammen mit ihrer Frauenschreibgruppe hat sie 2015 den Gemeinschaftsband *Jetzt mach schon! Erzähl ihnen eine von deinen Geschichten* veröffentlicht. Weitere Veröffentlichungen erfolgten in Anthologien, wie *Briefe an Angelika Kauffmann. Zeilen in die europäische Vergangenheit* und in der *Tageszeitung DER STANDARD*.

Danke für die positiven Rückmeldungen der Fangemeinde, die Peggy Sue bei diversen szenischen Lesungen und in einer meiner Schreibgruppen kennengelernt haben. Sie haben mich darin bestärkt, Peggy Sue auf ihrer nicht immer ganz einfachen Suche zu begleiten.

brückenbauer verlag
innsbruck

www.bbvi.at